パラサイト・パラダイス

古城十忍
Toshinobu Kojyo

而立書房

パラサイト・パラダイス

■登場人物

高見耕平(たかみこうへい)(父)
高見和絵(たかみかずえ)(母)
高見菜摘(たかみなつみ)(娘)
高見春人(たかみはるひと)(息子)
高見孝典(たかみたかのり)(父の父)
波原さち(なみはらさち)(母の母)
山科明良(やましなあきら)(娘の恋人)
佐渡 透(さわたりとおる)(隣のオジサン)
加藤
藤山
看護婦A・B・C

4人掛けの食卓のある、ダイニング・リビング。

食卓には観葉植物が飾られ、よけいなものは何もない。さっぱりとして小綺麗な印象。

ただ食卓の天板の四隅から、なぜか頑丈な柱がそそり立っていて、4本の柱はそれぞれ宙に浮いた四つの空間を支えている。（空間が食卓を押しつぶしているようにも見える。）

四つの空間は便宜上、上手側手前を「Aの間」、上手側奥を「Bの間」、下手側奥を「Cの間」、下手側手前を「Dの間」とする。

「Aの間」はオーディオがあり、テレビがあり、パソコンがある。

「Bの間」は空間いっぱいをベッドが占拠していて、その大きさがひときわ目立つ。

「Cの間」は本棚があり、本がひしめき合う中に、背広が吊るされている。

「Dの間」はカウチソファにベッド、ローテーブル、チェストなど、ひととおりの家具が揃っているが、どれも異様にサイズが小さい。

この家の玄関は舞台上に見えていないが、食卓の下手側に位置している。

0

高見家の家に住んでいる人々、つまりは高見耕平、和絵、菜摘、春人、山科明良の日常。
それぞれが思い思いの行為に耽っている。
歯を磨く。コーヒーを飲む。本を読む。パソコンに向かっている。テレビを見て大笑いをしている。
腹の具合が悪くトイレに向かう。掃除機をかける。本棚を整理する。服を着る。………。
その五人の時間はみなまちまちで、互いに干渉することはない。
まるで別々の五つの空間が一軒の家という箱に押し込められたかのようである。

5 パラサイト・パラダイス

1

「Aの間」で高見春人、パソコンに向かっている。「Dの間」で山科明良、カウチに寝そべって雑誌を読んでいる。食卓では高見和絵、コンパクトを睨み、化粧に余念がない。高見耕平が食卓に現れて――。

耕平　おまえ、まだ顔つくってるのか？

和絵　ン、ちょっと右の眉が変……

耕平　だってもう時間……

和絵　待ってよ、だってホラ変じゃない？　なんか歪んでるんだもの。

耕平　いいじゃないか、ちょっとくらい歪んでたって……

和絵　よくないわよ、歪んでるのよ。あなた自分の眉だったら許せる？

耕平　俺は歪んでない。

和絵　すぐだから。ちゃちゃっと直す。

耕平　………。まったくもって非生産的だよ。もともとあった眉毛抜いて、抜いたのにまた眉毛描いて、んでもって歪んでるって……

和絵　あと1分。

耕平　いっそのこと入れ墨にしたらどうだ？

和絵　入れ墨？
耕平　描くの面倒臭くなくていいじゃないか、うちの親父の茶飲み仲間、朱美バアサン、眉毛入れ墨らしいぞ、形が崩れることもないし、形に迷うこともない……
和絵　イヤよ。楽しみがなくなるじゃない。
耕平　楽しみなのか、それ？
和絵　そうよ。少しずつ少しずつ形を決めてくのが楽しいのよ。
耕平　おまえ、化粧うまくなったもんな。
和絵　どういう意味？　若作りって言いたいの？
耕平　褒めたんだよ、時間かけるようになったって……
和絵　悪かったわね、年とともに否応なく増えてくのよ、隠さなきゃいけない部分が。
耕平　……そろそろ1分だろ。
和絵　まだ。待ってって言ってるでしょ？
耕平　…………（ため息をついて食卓を離れようと）
和絵　明るいうちからあなたが家の中に居ると、なんだか調子狂っちゃうわ。
耕平　なんだよ、それ。誰のために休み取ったと思ってる。
和絵　あ、怒った？／

唐突に和絵、耕平の動きがともに止まる。

7　パラサイト・パラダイス

耕平(心の声) そりゃ怒るさ。でも怒ったらおまえ、二倍三倍になってヒステリー起こすだろ？　私の身にもなって。私の立場も考えて。私の眉毛も考えて。私はやりたくて専業主婦に収まったんじゃない。あなたは適当にストレス発散できるだろうけど、私は家の中のことで手いっぱい、途端にまくしたてるだろ？

　　　　和絵、耕平に動きが戻る。

耕平　　／怒ってないよ。
和絵　　ちょっと言ってみただけ、怒ることないじゃない。
耕平　　怒ってないって。
和絵　　どこ行くの、怒ったから逃げるんでしょ？
耕平　　牛乳。行くのはキッチン。

　　　　耕平、キッチンへ行き、コップに牛乳を注ぐ。

和絵　　いろいろあるのよ、女同士は。
耕平　　………。(牛乳を飲みつつ食卓へ)

和絵　あたしがちゃんとしてないって思ったら母さん、何言い出すかわかったもんじゃないわ。この前だって、あんたは冷たい娘だ、冷たい冷たいって電話口でぐちぐちぐち……

耕平　寂しいんだよ。心細くなったんだろ。

和絵　だからって同居はできないでしょ？

耕平　（ややあっけにとられ）おまえ、そうやってはっきり言うのか？

和絵　言うわよ、あなたがね。

耕平　俺が？

和絵　言ってやってズバッと。

耕平　俺が言うのか？

和絵　あたしは実の娘よ、そんなむごいこと言えると思う？

耕平　……（ポケットから分封錠剤を取り出し、コップの牛乳で飲む）

和絵　何飲んだの？

耕平　精力剤。

和絵　精力剤？

耕平　もらったんだよ、抜群に効くからって。なんでもスッポンエキスに、マムシの粉末、サソリの粉末まで入ってて、効き目の持続もスゴイらしい……

和絵　なんで真っ昼間からそんなもの飲むのよ、しかも牛乳で。

耕平　別に意味はないよ。

9　パラサイト・パラダイス

和絵　何考えてるの？
耕平　俺がお義母さんに言うんだろ、体力いるじゃないか。精力使うだろ。
和絵　………。
耕平　俺っていろいろあるんだ。いいじゃないか精力くらいつけたって。（食卓を離れようと）
和絵　言いたくないの？
耕平　言うよ、言います。言えばいいんだろ。
和絵　出た出た。
耕平　何が。
和絵　そういうとこが嫌なのよね。言いたくないならそう言えばいいじゃない、/
耕平（心の声）言っていいのか？　言ったら言ったでまたああでもないこうでもないって屁理屈合戦突入だろ？　そしたらどうなる？　また喧嘩だ、罵り合いだろ？　でもそうならないのは俺が理解のある夫だから、分別だって持ち合わせてる一家の大黒柱だからじゃないのか？
和絵　／無理矢理あなたに押しつけるつもりはないのよ。
耕平　いや、俺が言うよ。
和絵　そういうこと言うの？
耕平　そうしてくれるの？
和絵　……あ、そう？　言ってくれるの？
耕平　そういうこと言うの、俺の務めだ、俺の。（また錠剤を飲む）
和絵　それ何錠飲むもんなの？
耕平　知らないよ。

耕平、キッチンにコップを戻しに行く。携帯メールの着信音が鳴る。
和絵、素早く携帯電話を出して相手を確認するとマナーモードに切り替えてバッグに戻し――。

和絵　ねぇ、ひとつ聞いていい？
耕平　何だよ。
和絵　夫婦が別々に寝るのは正しいと思う？
耕平　なんでそんなこと聞く？
和絵　いいから答えてよ。
耕平　そういうつもりで精力剤飲んだんじゃないよ。
和絵　わかってるわよ。意見を聞いてみたいの。夫婦が同じベッドで寝ないで、別々に寝るのは正しい？　正しくない？／
耕平（心の声）なんだなんだ試してるのか俺を。なんで今さらそんなこと聞くんだ？　正しいも正しくないも、あたしだけの部屋が欲しいと言い出したのはおまえじゃないか。今さら俺に何を言えっていうんだ？　でもおまえ、俺に何か答えてほしいんだろ？　ここで気の利いた答えを返すのができた夫の役割だと思ってるんだろ？
和絵　／あなたと私、離婚だわ。
耕平　離婚？

和絵　今の質問に即座に答えられない夫婦はすぐに別れなさい。そう本に書いてあったの。
耕平　（ややあって）おまえ、何か不満があるのか？
和絵　別に。できた。（化粧道具をバッグに突っ込み）お待たせ。（玄関に向かう）
耕平　………。（動かない）
和絵　どうしたの？　時間ないんでしょ？

　和絵、続いて耕平、出かけていく。びゅんびゅんと時間が過ぎていく。

2

「Aの間」で春人、パソコンに向かっている。食卓に佐渡透、黒の小箱を片手に何やらノートに書きつけている。食卓に山科明良がやってくる。口に箸をくわえ、右手に「カップヌードルしお」、左手に持った水の入ったコップを佐渡の前に置いて──。

佐渡　あ、悪いね。

佐渡、黒小箱から錠剤を出してコップの水で飲むと、明良をじっと見ていて──。

明良　（「カップヌードルしお」を食べていたが）なんすか？
佐渡　そんなことないよ。
明良　あそう？　堂々としたもん？
佐渡　やさしいっすよみんな。御飯のおかわり平気でできるし。
明良　そうなの？　おかわりしちゃう？
佐渡　はい。
明良　すごいね、食欲あるんだ。

明良　お母さんのほうから聞いてくれてるんすよ、おかわりは？って。こういうのも好きに食べていいって言ってくれてるし。

佐渡　それ、ちょっといい？

明良　え？

佐渡　（「カップヌードルしお」を取りあげて、しげしげと見入り）わ。コレ脂質16・1グラムもあるよ。これ全体で75グラム、ね、そのうち脂質が16・1もあるんだよ、ざっと、4分の1？　5分の1？　どっちにしても相当なもんでしょ。よくないよ、体に。

明良　でも俺の体っすから。

佐渡　イヤイヤそうは言うけどね成分表示見た？（蓋を見て）紅麹色素、カラメル色素、カロチノイド色素、ホラ着色料オンパレード。おまけに増粘多糖類って、わかるコレ？　歯ごたえ、喉ごし、舌ざわり、まあ微妙な食感を出すものなんだけどね、いわゆるこれも食品添加物。字がスゴイでしょ？「増粘」、粘りが増える。「多糖」、糖が多い。「増粘多糖類」とどめに「類」の字ついちゃうからね、何入ってるかわかんないってことだよ、まいったね。

明良　でも俺の体っすから。

佐渡　俺、保証してもいいけど、命縮めてると思うよ。

明良　（カップヌードルを取り返し）のびちゃうんで。

佐渡　（ややあって）あのさ、明良君ってフリーターだよね？

明良　まあ。

佐渡　フリーターってさ、なりたくてなるもんなの？
明良　なりたくて？
佐渡　ゴールっていうか、人生目標の到達点として、フリーターはあるもんなの？
明良　そんな人いないんじゃないっすか。
佐渡　だったらなんで定職つかないの？　食欲あるんだし。
明良　食欲は関係ないっしょ。
佐渡　あるよ。あるでしょ？　エネルギーたっぷんたっぷん体に貯めこんでるってことなんだから。このままじゃ君、資源の無駄遣いつーことでしょ？
明良　なんでそんなに人のことかまうんすか？
佐渡　やる気が起きないの？　無気力？
明良　そうすかね。
佐渡　そういうときはねコレ、(黒の小箱を示し)「片仔癀(へんしこう)」、効くよぉ。だってね主成分が田七人参(でんしち)。知ってる？　中国雲南省の秘薬。ウコギ科の植物の根。根が育つのに3年から7年もかかるんでもう肝臓には抜群の効き目。その田七に、タウリン、霊芝(れいし)エキス、ハトムギエキス、小麦胚芽抽出ビタミンEに蛇胆(じゃたん)。蛇の胆汁まで入ってんだよ。無気力なんかイッパツよ、ふっ飛んじゃうよ。
明良　趣味なんすか、サプリ。
佐渡　そんな、趣味なんて、そんな甘っちょろいもんと一緒にしないでよ。

15　パラサイト・パラダイス

明良　やっぱ年とると健康だけが生き甲斐になるんすね。
佐渡　(ややあって)だけじゃないけどね。
明良　むなしいっすね。

明良の携帯電話が鳴る。「Aの間」から春人が電話をかけている。明良、電話に出て――。

明良　なんすか？
春人　うるさいです。
明良　だよね、俺もそうかなぁって思ってたんだけど……
春人　うるさい人に代わってください。
明良　はいはい、ちょっと待って。(と電話を佐渡に差し出す)
佐渡　誰？
春人　……。(上を指さす)
佐渡　(受け取って)あ、起きてたぁ？
春人　静かにしてくれませんか？
佐渡　あ、声デカかった？ごめんね、ついつい興奮しちゃって。というのもね、いいサプリが手に入ったのよ。春人君も試してみない？中身スゴイんだよ、中国雲南省の秘薬……

17　パラサイト・パラダイス

春人、電話を切る。佐渡、電話を明良に返しつつ――。

佐渡　上、機嫌悪そうだね。

明良　普通っすよ。

佐渡　おっきい声じゃ言えないけどさ、(上と明良を交互に指し)どっちが息子だかわかんないよね。君ってさ、この家からお小遣いとかも貰ってるの？

明良　まさか。

佐渡　そうだよね。

明良　一応働いてるんで。フリーターすけど。

佐渡　でもいい身分じゃない。食費ゼロ、家賃ゼロ、おまけに菜摘ちゃん、キャリアウーマンやってんだから、エネルギーだけじゃなくて、(指で輪っかを作り)こっちもたんまり貯めこんでんじゃない？

明良　貧乏っすよ。

佐渡　どう、いっちょ3万くらい貸してやるかって思わない？

明良　冗談でしょ。

佐渡　じゃ2万5000円ぽっきり。

明良　そのぽっきり、意味わかんないす。

佐渡　ダメ？

明良　その前にこないだの３０００円返してくださいよ。
佐渡　３０００円？　いつ借りた？
明良　パチンコ行ったでしょ、駅前の新装開店。
佐渡　え、あれ指南料じゃないの？
明良　指南料？
佐渡　教えたじゃないアレコレ。この台はハマりが深いとか貴重な情報……
明良　全部ボロ負けだったじゃないすか、詐欺っすよ、そんなの。
佐渡　いやいやだから、また倍返しで情報提供するからさ……
明良　佐渡さん、借金しに来たんすか？
佐渡　イヤそういうわけじゃないよ。ほらコレ「片仔廣」をね、高見家のみなさんにもお披露目しな
　　　きゃいかんと思ってね……
明良　今日、お父さんもお母さんも帰るの遅いと思いますよ。
佐渡　え、そうなの？
明良　迎えに行ったあと、外で食事してくるって言ってましたから。
佐渡　え？　外でって、迎えに行ったのおばあちゃんでしょ？
明良「お母さんのお母さん」。

　インターホンが鳴る。佐渡と明良、顔を見合わせていると、波原さちの声が飛んでくる。

さち（声）　ねぇ、誰かいる？　いないの？

佐渡、明良、玄関方向に視線が固まったまま——。

3

「Aの間」では春人、パソコンに向かっている。「Dの間」に明良、テレビを見ている。楽しげである。食卓には耕平。そこへ菜摘が現れたところらしく──。

耕平　風呂入ってる。
菜摘　母さんは？
耕平　いやいい。そっち、座ってくれ。
菜摘　彼も呼んできたほうがいいの？

耕平、携帯電話を出して電話をかける。「Aの間」の春人が電話に出て──。

春人　何？
耕平　ちょっと話がある。
春人　重要な話？
菜摘　あたし、今夜中にやっつけたい仕事があるんだけど。
春人　今、手が放せない、中断したくないんだよ。

耕平　じゃおまえ、そのまま聞いてろ、聞いてればいいから。いいな？
春人　わかったよ。
菜摘　何なの？

耕平、携帯電話を食卓の上に立てて置き、あたかもそれがマイクであるかのように顔を近づけて——。

耕平　実は父さんと母さんは明日、「母さんのお母さん」と会うことになった。「母さんのお母さん」がアキレス腱を切ったのはおまえたちも知ってるよな？
菜摘　それそんなふうに話さなくても聞こえるんじゃない？
耕平　そうか？
菜摘　春人、聞こえる？
春人　聞こえてる。
菜摘　（耕平に）で、おばあちゃんがどうしたの？
春人　「母さんのお母さん」。
菜摘　（耕平に）かまわないでしょ？
春人　別に本人に言ってるわけじゃないんだから。例外のないルールはないって言うけど、例外を認めたら、途端にルールは無意味になっていく。なし崩しになるもんだよ。
耕平　春人の言うとおりだ。

菜摘　わかったわよ。で、「母さんのお母さん」がどうしたの？

耕平　しばらくここに住むことになるかもしれん。

菜摘　どうして？

耕平　アキレス腱を切って何かと不自由らしい。

菜摘　だって切ってから、もう3週間くらい経つでしょう？

耕平　そうだ。そうだけど、本人が不自由だ不自由だって言ってるらしいから不自由なんだろうよ。

菜摘　父さんのほうから、その不自由、納得いきませんとは言えんんだろう？

耕平　だから近づかなくても聞こえてるって。

菜摘　いいじゃないか、気分だよ。

耕平　何の気分よ？

菜摘　でも、それで同居するってのは飛躍しすぎじゃないの？

春人　だって母さんのお母さん、何も知らないんでしょう？

耕平　たぶんな。

菜摘　部屋だってないじゃん、書斎は親父の部屋になったんだから。

春人　同居で話が進んでるわけ？

耕平　進んでるわけじゃない、可能性の問題だ。

春人　ゼロじゃないってことだ。

耕平　だって、何がどうなるかわからんだろう？　今のわが家の状況を誰か1年前に予測できたか？

23　パラサイト・パラダイス

菜摘　思いもよらないことの連続だったろ？ それでもなんとかやってきた。ほかならぬ、父さんのお陰でね。
耕平　イヤそういうことを言いたいわけじゃない。
菜摘　で、あたしたちにどうしろって？
耕平　おまえたち、家を出る気はないか？
菜摘　………。
耕平　春人、どうだ？
菜摘　……言うと思った。
耕平　思った？
菜摘　結局、父さんは認めてないのよ、あたしのこと、あたしと彼のこと。
耕平　誰もそんなこと言ってないだろ。
菜摘　だってそうじゃない、口では理解あるようなことちらつかせるけど、結局は世間体とか面子とか、そっちのほうが大事なのよ。
耕平　ちょっと待て、今おまえたちの話じゃない……
菜摘　だったらなんで急に出てけって話になるのよ？ おばあちゃん、母さんのお母さんにいい顔したいから？ 今日までよかったことが明日になった途端にひっくりかえるんじゃ、それこそルールも何もないじゃない。
耕平　意見を聞いてるだけだ。無理だって言うんならそれでいい。

菜摘　……。
耕平　春人、おまえはどうだ、意見は？
菜摘　言いたいこと言ったがいいよ、春人。
耕平　（電話を耳に当て）あいつ……
菜摘　切ったの？

耕平、携帯電話をつかんで階段下あたりに行くと直接「Aの間」に向かって――。

耕平　なんで電話切るんだ、まだ話は終わってない。かけるから出ろ。

高見家の電話が鳴る。

耕平　なんだよ、こんなときに。出てくれ。
菜摘　あたしが出ていいの？　今、不機嫌極まりないわよ。
耕平　いいから。（電話を春人にかけつつ「Aの間」に）おまえも出ろ、春人。いきなり一方的に切るなんて卑怯だろ、約束が違うだろ？
菜摘　（コードレスの電話に出て）もしもし、高見でございます。

電話の相手は高見孝典、携帯電話でかけていて——。

孝典　和絵さん？
菜摘　いえ和絵は母ですが、母に御用でしょうか？
孝典　菜摘か？
菜摘　おじいちゃん？
耕平　おじいちゃん？
孝典　耕平の携帯にな、さっきから何度もかけてるんだが話し中なんだよ。
菜摘　ちょっと待って、今代わるから。
孝典　なんだ、いるのか？
耕平　何だって？
孝典　知らない。（電話機を耕平に渡す）
耕平　（携帯電話を切って、家の電話に出て）もしもし？
孝典　おう、元気か？
耕平　何、急に。どうしたの？
孝典　元気だよ、すこぶる元気。だから何？　今ちょっとたて込んでるんだよ。
耕平　元気か？
孝典　なんだどうした？　なんでも相談に乗るぞ。

耕平　いいよ。それより何？　すぐすむことなら用件聞くから。
耕平　あのな耕平、そんな急かし立てるように言われたら誰だって……
耕平　切るよ。
孝典　久しぶりだからな、そっちに行こうと思ってるんだ、明日あたり。
耕平　明日？　明日は無理だよ、絶対無理。
孝典　絶対ってことはないだろう。
耕平　だから忙しいんだって、明日も今も。
孝典　まあ待て。父さんもな、いろいろ考えたんだ。
耕平　考えたって何を？
孝典　おまえグリム童話詳しいか？
耕平　はぁ?・
孝典　グリム童話に『寿命』という話があってな。こんな話だ。昔むかし、神様が天地創造を成し遂げた……
耕平　悪いけど今、そんな話聞いてる時間……
孝典　いいから聞け。これを話さないと言いたいことが伝わらんから。でな、神様が天地創造を成し遂げたあと、神様はすべての生き物という生き物に、等しく30年の寿命をお与えになったんだ。ところが、働き者のロバは……
耕平　ロバ？

パラサイト・パラダイス

孝典　そうだ、ロバが言うんだよ、神様に。「神様、私はただ荷物を運ぶためだ」

途端に孝典、口パクになる。耕平、電話を耳から遠ざけていて——。

菜摘　切れたの？
耕平　なんか、ロバの話してる。
菜摘　ロバってあの動物のロバ？
耕平　……。(受話器を食卓に置く)
菜摘　何やってんの？
耕平　いいんだよ、自分がしゃべりたいだけなんだから。

耕平の携帯電話が鳴る。耕平、孝典からの電話はそのままに携帯電話に出て——。

菜摘　途中で切るのはルール違反じゃないのか？
春人　今、家を出る気はない。当分は可能性ゼロ。切るよ。
耕平　ちょっと待て。
春人　……。(電話を切る)
菜摘　なんだって、春人。

耕平　ゼロ回答。
菜摘　そりゃそうでしょ。
耕平　まったく……
菜摘　おじいちゃんいいの、ほったらかしで。

耕平、携帯電話を切って、家の電話を耳に当てる。孝典はずっとしゃべっていたらしく——。

孝典　/満を言ったり、ウーウー唸ったりして過ごすことになった。そして最後の10年、これはもとも猿のものなので……
耕平　親父さ。
孝典　なんだ。
耕平　来週さ。
孝典　来週か……
耕平　来週にしよう、会うの。来週の日曜日。そっちは時間の融通きくんだろ？
孝典　ダメならこの話はナシ。また改めて……
耕平　わかった、いいよ来週で、わかったよ。
孝典　じゃ近くなったらまた電話するから。
耕平　おまえグリム童話、聞いてたか？
孝典　聞いてたよ、だいたい。

孝典　だいたい？

耕平　ホントに今、長電話できないから、悪いけど切るよ。

　　　耕平、電話を切る。

菜摘　無理矢理切るのはルール違反じゃないの？
耕平　無理矢理じゃないだろ、用件はすんでる。（携帯電話で春人に電話をかけつつ）親父はうちが手狭だってことわかってるから、来たらホテルにでも泊まってもらうよ。
菜摘　何、また春人にかけてるの？
耕平　まだ話は終わってない。（階段下あたりに行き）春人、もうひとつだけだ、ルールを守れ。
菜摘　あたしもゼロ回答よ。断固、現状維持。
春人　（電話に出て）何、意見は言っただろ？
耕平　それはわかった。菜摘も春人も出る気はない。（携帯電話を立てて食卓に置き）じゃそこで聞くが、現状維持なら、「母さんのお母さん」が同居することになろうがなるまいが、それはそれでいいんだな？
菜摘　物理的に無理じゃないの、部屋ないんだし。
春人　俺はいいよ。
耕平　そうか、OKか。

菜摘　あたしも現状維持ならどっちでもいいけど、ね、なんでこの話し合いに母さんが参加してないわけ？
耕平　母さんは当事者だろ？　おまえたち、母さんの前で「母さんのお母さん」がどうのこうの言いたいこと正直に言えるか？
春人　………。
耕平　だから父さんがこうして根回ししてるんじゃないか、後で波風立たないように。
菜摘　あ……
耕平　何だ？
菜摘　母さん、お風呂からあがったみたい。
耕平　じゃ解散。

　耕平、電話を切る。菜摘、「Dの間」へと戻っていく。

「Aの間」で春人、パソコンに向かっている。
[2] の続き。佐渡、明良、視線が固まったまま。その視線の先に、波原さち。左足にギプスが痛々しく、松葉杖をついていて——。

明良　お母さんのお母さん、っすよね?
さち　どちら様……?
佐渡　あ、あの私、佐渡です、隣の。
さち　隣?
佐渡　引っ越してきましてね、もう3カ月ほどになりますか、懇意にしてもらってるんですよ、高見家のみなさんには。
さち　ちょっと椅子いいかしら?
佐渡　ああすみません気が利かなくて。(出しつつ) アキレス腱お切りになったんですってね、聞いてます、高見家のみなさんから。
明良　お父さんたち、一緒じゃなかったんすか?
さち　行き違いになったみたいね。
明良　一緒に食事して帰るって言ってましたよ。店とか予約してあったんじゃないすか?

佐渡　じゃマズいんじゃないの連絡してあげなきゃ。（さちに）携帯に電話してみましょうか？（明良に）番号知ってる？
さち　あの、お隣さんとおっしゃいましたね？
佐渡　佐渡です、こっちの隣の。
明良　何の御用でここに？
佐渡　御用ってほどのことじゃないんですけど、野暮用ですかね。
さち　ここにはよくいらっしゃるんですか、親子で。
佐渡　親子？
明良　あ、今、なんとおっしゃいました？
さち　……今、なんて……
佐渡　こっちは菜摘ちゃんの部屋に同居してるんですよ。聞いてませんでした？
明良　どうも。山科明良っていいます。
佐渡　もうどれくらい？　2ヵ月？
明良　なんで同居してるの？
さち　僕はここに住んでるんで。
明良　菜摘が結婚したなんて話聞いてないわよ。
佐渡　とりあえず一緒に住んでるだけで、深い意味なんかないんですよ。
明良　意味っつーか、いろいろ都合いいんすよ、なんたって経済的ですし。

さち　あなた馬鹿？
明良　は？
さち　言ってる意味がさっぱりわからないわよ。結婚もしてないのにどうして一緒に住んでるの。し
佐渡　かもここ、菜摘の実家でしょう？
さち　今少なくないみたいですか……
佐渡　結婚してないってことは他人なの。実にあけっぴろげな家庭っていいますか……
さち　その考え、ちょっと古いんじゃ……
佐渡　古いとか新しいとかじゃなくて常識でしょ？　だいたいあなたもおかしいわよ、この家の人間
さち　いないのに、なんで他人がこの人の家に勝手にあがりこんでるの？
佐渡　それは誤解です。勝手じゃありません。ドアは彼に開けてもらいましたし、春人君だって部屋
　　　にいますから。
さち　春人、ちょっと下りてらっしゃい……！（はたと）なんで春人は家にいるの？
佐渡　大学、辞めちゃったみたいです。
さち　辞めた……？
佐渡　あのほら、引きこもりってやつじゃないですか。
さち　……。
佐渡　でも気にすることないですよ、人生まだまだこれからですから。やり直しだって、（明良に）
　　　ね、（さちに）いくらだって。

パラサイト・パラダイス

さち 　……。
明良 　じゃ僕、そろそろバイト行きますんで。
さち 　待ちなさい。
明良 　はい?
さち 　そこ、座りなさい。

明良、さちの向かいにやむなく座る。

さち 　はい?
明良 　はい?
さち 　お茶いれますか。
佐渡 　お茶いれますか。
さち 　どうしてあなたがいれるの、あなたの家じゃないでしょう?
佐渡 　いや、だって、飲みたくありません?
明良 　何すか、あまり時間ないんすけど。
さち 　あなた、ホームレスなの?
明良 　いいえ。
さち 　ここに来る前はどこに住んでたの?
明良 　実家です、千葉の。
さち 　実家があってどうしてここに住んでるの?
明良 　菜摘さんと付き合ってるんで。

さち　……。
明良　もういいっすか?
さち　理由になってないでしょう?
佐渡　コーヒーにしますか?
さち　だから、なんで他人がそういうこと言うの?
明良　まぁ、そうカッカせずに……
佐渡　俺、遅刻するとヤバいんすけど……
さち　だから理由を言いなさい。
佐渡　そうだ、イライラに効くサプリあるんです、飲みますか?
さち　あなたがしゃべるからよけいイライラするんじゃない、あなたもう帰りなさい。
明良　一緒にいたいんすよ。
さち　……。
明良　それが理由っすね、独りだと寂しいじゃないすか。
さち　……。
明良　ダメっすか?
さち　決まってるじゃない、ダメに。おかしいわよ、あなた。根本的に間違ってる。寂しいんなら結婚しなさい。結婚して自分で部屋借りなさい。家の一軒建てなさい。
明良　そんな金ないっすよ。

さち　だったら孤独でいなさい。孤独を十分堪能なさい。
明良　貧乏人はずっと孤独でいろってことっすか？
さち　人間はみんな寂しいの。みんな独りなの。惚れ合ってる者同士でもそう。結婚したって、子供がいたって、人は孤独なの。わかる？
佐渡　わかります。
明良　でも合理的じゃないすか、ここに実際部屋あるんだし。
さち　あなた、あたしの話、聞いてた？
明良　聞いてますよ。
さち　聞いてないわよ。言ってることトンチンカンまるで頭にないってことでしょ？　人間は自分の住処は自分でつくるの。ここ、あなたの家でもないでしょ？　ただ一緒にいたいからって、寂しいからって、それで自分の家でもないのに住み着いたら、あまりに身勝手でしょう？

明良の携帯電話が鳴る。「Aの間」から春人がかけている。明良、電話に出て──。

明良　ちょっとすいません。（電話に出て）俺じゃないよ、不可抗力だよ。
春人　代わってください。
明良　はいはい。（さちに電話を差しだし）お電話です。

38

さち　は？
明良　春人君から。
さち　春人？　あの子、うちに居るんじゃないの？
明良　ええ、だから（上を指して）二階から。
さち　(怪訝に受け取って出て)もしもし……？
春人　今日からここに住むの？
さち　……何なの、いきなり。
春人　親父とお袋は迷惑みたいだよ、同居されるの。それでどっちがはっきり言うって、しょうもないことで揉めてた。
さち　春人……
春人　部屋だってないよ、書斎はちょっと前から親父が寝てるから。なんで好き好んで同居しようと思うわけ？
さち　春人、大学辞めたって本当なの？
春人　はぐらかさないでよ、こっちが聞いてるんだよ。
さち　どうして辞めたの？
春人　どうして同居したいの？
さち　質問に答えなさい。
春人　答えてないのはそっちだろ？（切る）

さち　待ちなさい、春人、もしもし……?

さち、携帯電話を食卓に置く。と、すぐにまたその携帯電話が鳴る。
明良が慌てて出ると、すぐにまたさちに差し出して――。

明良　お電話です。
さち　(受け取って出て)もしもし?

すると、目の前の佐渡、明良が打って変わったように――。

明良　…………!
佐渡　それでどっちがはっきり言わないって、しょうもないことで揉めてた。
さち　迷惑みたいだよ、同居されるの。
明良　部屋だってないよ、書斎はちょっと前から親父が寝てるから。
佐渡　なんで好き好んで同居しようと思うわけ?
明良　…………。

さち、驚きに包まれていると、不意に和絵が現れて――。

和絵　母さん。
さち　（携帯電話を食卓に戻し）和絵……？
和絵　（別の携帯電話を差し出して）電話よ。

耕平、どこからともなく現れて——。

耕平　はぐらかさないでよ、こっちが聞いてるんだよ。どうして同居したいの？
和絵　人間はみんな寂しいの。みんな独りなの。惚れ合ってる者同士でもそう。結婚したって、子供がいたって、人は孤独なの。
耕平　それは自分のことしか考えてない利己主義の発想ですよ。
和絵　人の迷惑なんてまるで頭にないってことでしょ？
さち　……。
和絵　孤独でいなさい。
耕平　孤独を十分堪能なさい。
和絵　人間は自分の住処は自分でつくるの。
耕平　ここ、お義母さんの家じゃないでしょう？
和絵　おかしいわよ、母さん。

耕平　根本的に間違ってる。
和絵　ただ一緒にいたいからって、
耕平　寂しいからって、
和絵　それで自分の家(うち)でもないのに住み着いたら、
耕平　あまりに身勝手でしょう？
さち　………。

　　　耕平、和絵、去っていく。
　　　佐渡、明良は何事もなかったかのように——。

佐渡　そうだな、若者は寸暇を惜しんで働かないとな。
さち　え……？
明良　あの、もうバイト行っていいすか？

　　　携帯電話を取って明良、続いて佐渡、去っていく。

あ、私ももうお暇しますんで。

5

「Bの間」に和絵、携帯メールを楽しげに打っている。
食卓に春人、学生証をじっと見ている。春人、学生証を財布にしまうと階段下に行き――。

春人　母さん、少し時間いいかな？
和絵　何？　ちょっと今、手が放せないんだけど。
春人　話したいことがあるんだ。忙しいの？
和絵　アイロンかけてるのよ、お父さんのYシャツ。急ぐの？
春人　アイロンならいつも下でかけてるじゃない。
和絵　冬物をね、コートとかセーターとか出してたら、なんか勢いでやり始めちゃったのよ。あと少しで終わるわ。
春人　じゃ、下にいる。

春人、キッチンから「CCレモン」を手に食卓に戻る。財布から学生証を出して見て、やがて細かく破り、その紙片を卓上に砂のようにして落とす。
耕平、玄関口から鞄に大きな「さくらや」の紙袋を提げて現れて――。

耕平　おう。
春人　(紙片を隠し) どうしたの？
耕平　何が。
春人　今日、早いんだね。
耕平　残念ながら早い遅いは父さんが決めるわけじゃない、決めるのは会社だ。父さんはただ奴隷のように会社に従うのみ、なんつってな。(キッチンへ行きつつ) 菜摘は？
春人　まだだと思うよ、あの人も奴隷のように働くの好きだし。
耕平　いいことじゃないか、おまえも就職したら奴隷のように働け。そしたらなぁんにも余計なこと考えなくてすむぞ、無我の境地。
春人　なんだ、それ。
耕平　(缶ビールを開けつつ食卓に戻り) お疲れさん。(と飲んで) ぷはーッ、やっぱ効くな、奴隷のあとのビールは。なんか仕草をして)
耕平　今日も頑張った頑張った。(春人のペットボトルに乾杯の耐えて耐えてやっと自由を勝ち得た無実の人よって感じするな。
春人　どしたの。
耕平　何が。
春人　いつにも増してテンション高いし。
耕平　あ、高いか父さん、テンション。
春人　いつにも増してよくしゃべるし。

パラサイト・パラダイス

耕平　実はな、(紙袋から出しつつ)思い切って買っちゃったんだよ、ついに。見ろ、究極を超えるプラモデルの最高峰、「パーフェクトグレード・RX-78-2ガンダム」。

春人　……また買ったの。

耕平　買っちゃったよ。

春人　そんなデカいの。

耕平　デカいんだよ、このガンダム。対象年齢15歳以上。

春人　……いくら?

耕平　税込み1万2600円。さすがにちょっと値は張るけどな、でもすごいんだぞ、スケール60分の1、総パーツ点数なんと664点。腕一本組み立てるにも2時間はかかっちゃうぞ。(ビールを飲みつつ、箱を眺めてニヤニヤ)……。

春人　……そういうのってさ、何が楽しいの?

耕平　楽しいじゃないか、バラバラだったものが少しずつ少しずつ形になっていくんだぞ、今週は右腕、来週は左脚、そしていよいよコア・ファイターって、達成感あるじゃないか。できあがったものを買ったほうが早いよ。

耕平　プロセスだよ、作りあげていくプロセスが楽しいんじゃないか。だって、父さんがこの手でガンダムを誕生させちゃうんだぞ。

春人　……。

耕平　(ケースを眺めてニヤニヤ)これでまた、当分は充実した日々が過ごせるな。

春人　同じ作るにしても、プロの人が作ったほうが絶対うまくできるよ。

耕平　ま、そりゃそうだろうけどな。

春人　手間暇かけて、せっせと作りあげたものがろくでもないものになっても達成感ってあるの？

耕平　……おまえは夢がないなぁ。

春人　夢？

耕平　いや恨みと言ってもいいな。子供の頃はさ、とことんハマりたくても金はなし、何かと思いのままにならないだろ。でも今の父さんなら、積年の恨みを多少は晴らせる。

春人　恨み、か……

耕平　そういやおまえ、子供の頃からこういうのにあんまり興味示さないな。

春人　もともとバラバラなものは、どんなに頑張っても完璧にはならないよ。

耕平　またそんな嫌み言って。惜しかったなぁ、おまえが欲しがれば父さん、何でも買ってやったのにな。ゼータ・ガンダム、ダブルゼータ・ガンダム、ジー・ガンダム、ターンエー・ガンダム……

和絵、アイロン用具とYシャツを1枚だけ持って食卓に現れて——。

和絵　楽しそうね。

耕平　ああ、ただいま……

和絵　………。（手にとってプラモデルの箱に見入る）

47　パラサイト・パラダイス

耕平　わたくし、また買ってしまいました。

和絵　食事にします？　（キッチンへ）

耕平　うん、いや、おまえの都合のいいときでいいよ。（箱を端に寄せつつ）ビール、もう先に飲み始めちゃったから。おまえも飲めば？

和絵　あたしはいい。

耕平　おまえはまた、そんなもん飲んで。健康飲料なんて名前だけなんだぞ。カロリーどんだけあるか知ってんのか？

春人　（見て）40カロリー。

耕平　40カロリー。でもその表示は100ミリリットル単位だから、実際にはその500のペットボトル1本で……

春人　200カロリーだよ。

耕平　200カロリー。ごはん一杯より高カロリーってことだろ？　もうほとんど砂糖水ぐびぐび飲んでるのと同じだからね、体によくないよ。そう佐渡さんが言ってた。

春人　そっちのほうがカロリー高いと思うよ。

耕平　これはいいんだよ、これは不健康飲料。

　和絵、コードを引っ張ってきて、食卓の上でアイロンをかけ始めていて――。

和絵　佐渡さんって先月引っ越してきた人でしょ、あの人独り暮らしなの？
耕平　ああ。奥さん、去年だったか癌で亡くなったそうだ。
和絵　そう……、死別なの。
耕平　そういえばこないだ、駅前の喫茶店でおまえのこと見かけたって言ってたけど、挨拶したんだろ？
和絵　………。
耕平　こっちには知り合いもいないみたいだし、なかなか面白い人だから、おまえたちも仲良くしてやってくれよ。俺、いつでも遊びに来てくださいって言っといたから。
和絵　……。
耕平　なんだ、マズかったか？
和絵　何張り切ってるの？
耕平　……何が。
和絵　ああしたからこうしたからって、何それ。人気者になりたいの？
耕平　……何言ってるんだ、おまえ。
春人　大学のことなんだけど。
耕平　……大学？
春人　うん。
耕平　どうした。

49　パラサイト・パラダイス

春人　退学届出した、1週間前。
耕平・和絵　………。
春人　だからもう学生じゃない。けど、すぐに就職するつもりもないから、しばらくこのままでいることにしたいんだ。
耕平・和絵　………。
春人　できるだけ迷惑はかけない。（部屋に戻ろうと）
和絵　なんで辞めたの？
春人　………。
和絵　理由を言いなさい。
春人　………。
和絵　言いなさい。ちゃんと座って説明しなさい。
春人　必要を感じない。
和絵　必要？　今は勉強が必要じゃないでしょう？　必要を感じないのに、無理して大学に縛られる理由がわからない。
春人　勉強ならどこでもできるよ。必要なら自分で理由を探しなさいよ。大学には勉強以外の目的だってあるじゃない。
和絵　わからないなら、自分で理由を探しなさいよ。大学には勉強以外の目的だってあるじゃない。
　（耕平に）なんであなた黙ってるの、いいのほっといて。
春人　母さんは今、どれくらい自分のために生きてる？
和絵　自分のため……？

春人　一日のうち、どれくらい自分のために生きてるって言える？

和絵　ずっとみんなのために生きてるわよ、母さんは。あんたのため、父さんのため、菜摘のため、それが母さんの仕事だもの。ちゃんとやってるわよ。

春人　それじゃ奴隷だよ。

和絵　……奴隷？

春人　哲学者のニーチェがそう言ってるんだ。政治家、役人、学者、何者であろうとも同じこと、「自分の一日の3分の2を自分のために持っていない者は奴隷である」。

和絵　……それが何なの？

春人　僕は奴隷になりたくない。

耕平　………。

和絵　誰もが自分のやりたいことだけやって生きてると思ってるの？　大学辞めたって、ただの何者でもないプータローになるだけでしょう？　あなた黙ってないで春人に言ってやってよ。

耕平　おまえ今、身長何センチだ？

和絵　はあっ？

春人　170だよ。

耕平　そうか……、もう父さんとほぼ並んでるのか。

和絵　何なの、それ、なんで今そんなこと聞いてるの？

51　パラサイト・パラダイス

春人　もう伸びないよ、父さんと同じ、俺も１７０止まり。

和絵　だから今、身長の話、関係ないでしょう？

春人　母さん、アイロン。

和絵　アイロン？

春人　アイロン。

和絵　つけっぱなしになってる。

春人　（止めっつ耕平に）あなたがしっかりしてないから春人、こんな勝手なこと言い出すのよ。プラモデルなんかに夢中になる前に、ちゃんと父親らしいこと言ってよ。

耕平　辞めてどうするんだ、これから。

和絵　そんなこと聞いてどうするの、父親なら何が何でも大学辞めるなって、退学届、撤回してこいって、それが父親でしょう？

耕平　だから今聞いてるじゃないか、父親として。

春人　学生証もさっき破った。

和絵　破った……？

　　　春人、バラバラになった学生証の紙片を食卓にばらまく。

春人　もう決めたんだ。それとも父さん、これもプラモデルのように組み立てる？

和絵　………。

耕平 　………。

　和絵、不意に猛然とYシャツにアイロンをかけ始める。
　菜摘、仕事帰りのいでたち、玄関口から現れて――。
　耕平、「ガンダム」の箱を紙袋に戻す。

菜摘 　珍しい、三人そろって下にいる。
耕平・和絵 　………。
春人 　お帰り……。
菜摘 　ちょうどよかった、今日ね、お客さまを連れてきてるの。
和絵 　お客さま……？
菜摘 　（玄関口に）いいよ。入って。

　明良、玄関口から姿を見せて。

明良 　こんばんは。お邪魔します。
菜摘 　彼、山科明良君。今日、私の部屋に泊めるから。
耕平 　泊める？
菜摘 　もしかしたら、そのまま住むことになるかもしれないけど。

耕平、和絵、春人、驚きに包まれたまま──。

「Aの間」では春人、パソコンに向かっている。
食卓にはさち、独り。
耕平、玄関口からリビングに姿を見せたところらしく――。

耕平　お義母さん。
さち　ああ、ごめんなさいね、行き違いになったみたいで。
耕平　どこにいました？　あちこち探したんですけど……
さち　あたしがそそっかしいの、あたしがそそっかしいから足もこんなんなっちゃったんだけどね……
耕平　大丈夫なんですか？
さち　大丈夫、大丈夫。でもやっぱり足じゃない、動きづらいのがちょっとね。和絵は？
耕平　あ、もう来ます。
さち　あの人怒ってたでしょう？　あたしのこと、堪え性がないとか、すぐ勝手なことするとか、言ってなかった？
耕平　両方言ってました。
さち　やっぱり。和絵は昔っからそうなのよ、あたしを悪く言うことにかけては天下一品。耕平さんにもなんだかんだって悪態ついたりしてるんじゃない？

耕平　まぁでも、至らないのはお互いさまですから……

さち　そういうときはね、聞いてるフリだけしてればいいの。適当にウンウン頷いて右から左、流しソーメンみたいに流しときゃいいの。自分が言いたいだけなんだから。

耕平　流しソーメン、ですか……

さち　そういえばおなか空いたわね。

耕平　なんか取りますよ、店屋物でいいかな。

さち　あそうよ、どこかお店、予約してくれてたの？

耕平　ええ、でもいいんです、そんなたいした店でもないですし……

さち　でもお店にまでご迷惑かけちゃったわ、和絵の知ってるお店？

耕平　僕の会社のツテで。

さち　あら、大変。

耕平　フランス料理。

さち　やだわ、あたしまたそのことで和絵にぐちぐちぐち言われるんだわ。

耕平　言いませんよ。予約から何から全部僕がやったんですから、あいつに文句は言わせません。

さち　そぉお？

耕平　でもあいつ、残念がってましたね。

さち　ほら言うんじゃない。

耕平　あ、違います。フランス料理じゃなくて、お義母さんと一緒に外で食事できなかったことを残

さち　そうかしら。
耕平　ええ、これからだって滅多にあることじゃないからって。
さち　………。

和絵、リビングに姿を見せて──。

和絵　母さん。
さち　あ、悪かったわね今日は……
和絵　今、宅配便が届いたんだけど……
さち　あよかった、届いた？　間に合うかどうかちょっと心配だったのよ。
和絵　何なのアレ、あの大荷物。
さち　またそんなオーバーな、身の回りのものって。
和絵　何よ、身の回りのものって。
さち　だってしばらく泊めてもらうから。
耕平・和絵　……。
さち　え？　なんかあたしいけないこと言った？
和絵　最初からそのつもりだったの、母さん？

さち　だって不自由なのよ、何かと。足がホラ、こんなだから。なりたくてなったわけじゃないけど、こんなだから。もうね、お茶一杯飲むにも、ヨシ飲もう、ホラ飲むぞって、いちいち決意が必要なの、大変よ、毎日１００回くらいあれこれ決意しなきゃならないの。

耕平・和絵　………。

さち　ほんとよ。

和絵　………。

さち　そういうの決意って言う？

和絵　言うわよ。何するにもその都度えいって踏ん張らなきゃいけないってことでしょ？　あんたも一度、アキレス腱切ってみなさい、痛いわよ、人の苦労がわかるわよ。

耕平　………。（どう言葉を継いでいいかわからない）

さち　………。（ややあって、無言のまま石のようになってテーブルにつく）

和絵　………。（ややあって、不意に立ちあがる）

さち　何……？

和絵　帰るわよ、あたしがバカだったわ。

さち　イヤ待ってくださいお義母さん……

耕平　いいのよ耕平さん、あなたの人の良さは十分あたしわかってるけど、邪魔だ帰れって実の娘が言ってるから。

和絵　あたしは何も言ってないでしょう？

さち　なんだ、じゃ居ていいの？

58

和絵　そうも言ってないじゃない。
さち　ホラね、実の娘としては何か困るみたいなのよ、あたしがこの家に厄介になると。
和絵　どうしてあたしが困るのよ？
さち　困らないの？　じゃいいんじゃない。
和絵　あたしはよくても、あたしは一家の主じゃないの、決めるのはあたしじゃないの。
さち　………。（耕平を見る）
耕平　いや、あの……
和絵　何のための精力剤？
さち　精力剤？

耕平の携帯電話が鳴る。「Aの間」から春人がかけている。耕平、電話に出て――。

耕平　なんだ？
春人　さっき、母さんのお母さんに迷惑だって言っといたから。
耕平　迷惑？
春人　だから同居されるの、父さんと母さんは迷惑だって……
耕平　バカ、なんでそんなこと言うんだ。
春人　言ってほしかったから根回ししたんだろ。（切る）

耕平、携帯電話を切ると、和絵、さちが注目していて——。

和絵　誰……？
さち　迷惑……？
耕平　とりあえず、荷物運びますか。
和絵　運ぶってどこに？
耕平　玄関に置きっぱなしってわけにはいかんだろう、とりあえず中に入れなきゃ。
さち　そうよね、あたし畳がなきゃイヤだなんて、そんな図々しいこと言わないから。
耕平・和絵　………。
さち　え、またあたしいけないこと言った？
耕平　書斎にあげとくよ。

耕平の携帯電話が鳴る。耕平、電話に出ると、相手は孝典で——。

耕平　もしもし？
孝典　お、今日はイッパツでつかまったな。
耕平　何どうしたの？

和絵　誰なの？

耕平　（電話を一瞬遠ざけ）親父。

耕平　いやそれがな、昨日のグリム童話、最後まで話してなかったから……

耕平　もういいよ。来週の日曜にじっくり聞くからっていうかな……

耕平　え、それがその日がどうも都合が悪いっていうかな……

耕平　え、都合悪くなったの？

耕平　それでやっぱり、そっちに行くの今日にしたほうがいいんじゃないかと思って……

耕平　え？

耕平　今もすぐ近くから電話しててな、

耕平　え？

孝典　来ちゃったよ。

　　　孝典、「すでに高見家のリビングの人」となる。

和絵　お義父さん……！
孝典　やぁ、久しぶり。（さちに）どうも、いらっしゃってましたか。
耕平　なんなんだよ、いきなり。
孝典　だから昨日、電話でいろいろ考えたって言ったろ？

耕平　考えたって、何を？
孝典　今日からここに同居させてもらおうと思ってな。
耕平・和絵　同居？
孝典　そう思い至ったら居ても立ってもいられなくなってな、もう家も売った。
耕平　売った？
孝典　とはいえ、諸々返済があったんで手元には１００万ちょっとしか残らなかったけどな。

　　耕平、和絵、さち、驚きに包まれたまま──。

「Aの間」に春人、携帯電話を耳に当て、パソコンに向かっている。
食卓には耕平、和絵、さち、孝典、菜摘が向かい、菜摘の近くに明良が立っている。
キッチンには佐渡がいて、佐渡は携帯電話をマイクのように食卓に向けていて——。

菜摘　あたしは出ていく気ないからね。
一同　………。
菜摘　だって急すぎるわよ、「母さんのお母さん」だけならともかく、おじいちゃんまで。うちは豪邸でもないしホテルでもないの。
春人　今ちょっと聞こえなかったんだけど。
佐渡　菜摘さんが攻勢に出てます、ここはホテルじゃないからこそ、あたしはどうかと思うのよ、家族以外の人まで寝泊まりさせるのは。
さち　ホテルじゃないからこそ、あたしはどうかと思うのよ。
明良　俺っすか？
菜摘　明良はあたしが頼んで居てもらってるの。
和絵　（やや驚いて）そうなの？
さち　どっちが頼んだにしても不自然なことなの。
菜摘　あたしには理にかなってるの。

孝典　みんな仲良くやろう。

耕平　人ごとみたいに言うなよ。

菜摘　だいたいおじいちゃん非常識よ。こっちの了解もとらないで家を売るなんて。

佐渡　矛先がおじいちゃんに向きました。

さち　そこ、いちいち解説するの煩わしいわよ。

佐渡　え、でも状況がわからないと、春人君困るんじゃ……

さち　いいのよ、ほっとけば。こんな大事な家族会議に顔出さないんだから、あの子は自分がどうなったっていいんでしょうよ。

佐渡　春人君、旗色悪いよ。

孝典　（声を張って）春人、下りてきて言いたいこと言わないと路頭に迷うぞ。

春人　そっちこそ、「庇を借りて母屋を乗っ取る」だよ。

孝典　（電話を耳にあて）え？

佐渡　「庇を借りて母屋を乗っ取る」

春人　何だって？

耕平　春人君、なんか乗っ取るって言ってます。

佐渡　もうほっとこう。

孝典　あのお義父さん、あたしが言うのも差し出がましいんですけど、１００万円あるんですから、それで部屋を借りたらどうなんですか。

和絵

65　パラサイト・パラダイス

菜摘　そうよ、そういう手があるじゃない。
さち　賛成。
孝典　いやいや、そういうわけにはいかんよ。
菜摘　どうして？
耕平　親父さ、お義母さんのほうは足のことがあるからみんな仕方ないと思えるけど、親父のは単なるわがままにしか映らないよ。
孝典　まぁ待て。そういうふうに言われることもあろうかと思って、ちゃんと用意してきた。
耕平　何を？
孝典　グリム童話だ。
耕平　また？
孝典　だっておまえ、電話で最後まで聞かなかっただろ？
和絵　何なの、グリム童話って。
孝典　（用紙をみんなに配布し）これ、みんなで読んでみてくれないかね。配役も書いといたから。
さち　配役？
孝典　みんなが気分を出して読んでくれれば、より理解が深まるだろうからな。
春人　あの今、何が起こってる？
佐渡　なんか朗読の時間みたいです。
孝典　佐渡さんでしたな。

佐渡 あ、はい。
孝典 最初と途中の地の文を明良君と交互に読んでください。
佐渡 はい、喜んで。
明良 俺もっすか?
孝典 じゃ、全員立って。
和絵 立つんですか?
孝典 気分だから、和絵さん。
菜摘 何の気分よ。
さち やれば気がすむんでしょうから始めましょ。
孝典 それじゃ、佐渡君。
佐渡 はい。(読んで)グリム童話。『寿命』。昔むかし、神様が天地創造を成し遂げたあと、神様はすべての生き物という生き物に等しく30年の寿命をお与えになった。
明良 ところが働き者のロバは、神様にこう願い出た。
耕平 「自分はただ荷物を運ぶためだけの動物です。そういう運命だということを嫌というほど知ってます。ただ荷物を運ぶだけの一生が30年も続くのはあまりに自分が哀れです。私は30年も要りません。一刻も早く重労働から解放してほしいのです」
佐渡 そこで神様は、ロバの寿命を18年さっぴいて短くしてやった。
明良 すると、それを聞いていた犬と猿がこう申し出た。

和絵 「私も30年も要りません。老いぼれてなお生きていくのは辛すぎます」
さち 「私も同じです。老齢になるのは恐ろしいです」
佐渡 そこで親切な神様は、それぞれ犬の寿命を12年、猿の寿命を10年さっぴいた。
明良 最後に神様の前に人間が現れて、男も女もこう言った。
孝典 「30年ではとても満足できません」
菜摘 「もっと長い寿命を私にください」
佐渡 そこで神様は、ロバからさっぴいた18年、犬からさっぴいた12年、猿からさっぴいた10年を、そっくりそのまま人間にくれてやったので、人間の寿命は70歳にもなった。
明良 だが、人間も本来は30年の寿命だったので、健康で幸福に暮らすことができるのは最初の30年だけだった。
耕平 次の18年はもともとロバのものなので、人間は30代から40代後半にかけては、まるでロバのように働きづくめに働き、日々むち打たれ、せかされて過ごすことになった。
和絵 そして次の12年、40代後半から60代はもともと犬のものなので、ただ炉端に座ってぶつぶつ不平不満を言ったり、ウーウー唸ったりして過ごすことになった。
さち そして最後の10年、これはもともと猿のものなので、好き勝手に振る舞うようになった。
孝典 おしまい。
耕平 ……これが何？
孝典 わからんのか？　猿ってことだろう、父さんは。

耕平　は？

孝典　当てはめればそういうことだろ。

菜摘　じゃ何？　好き勝手に振る舞う、いつまでも同居するってこと？

和絵　無期限ってことですか？

孝典　以上。

耕平　父さんの説得にもなってないだろ。わがままで何が悪いって開き直っただけじゃないか。

孝典　何の説得にもなってないだろ。わがままで何が悪いって開き直っただけじゃないか。

菜摘　勘弁してよ。

佐渡　おじいちゃんふざけすぎ、って春人君が。

春人　言ってないよ、俺。

さち　あたしは言いたいことはわからなくもないけど、あたしの配役が猿っていうのは納得いかないわね。

孝典　現実的に考えてよ、母さんのお母さんも。明良君、お茶。

明良　あ、はい。

菜摘　ここには3部屋プラスささやかな書斎しかないの。どう割り振りしたって定員オーバーでしょう。

和絵　二、三日のことだったらどうとでもなるだろうけど……「部屋割り会議」やったばかりなのよ。あのとき決めたルールはどうな

春人 そうだよ。母さんが突然、日本の住宅建築構造についてまくしたてたんだよ。

あっというまに先の家族会議にとってかわる。

四脚の椅子が一列に並べられ、耕平、和絵、菜摘の順に座り、残る一脚には携帯電話が置かれて——。

和絵 いい？ ニッポンの家族が住む空間は「n」LDKが基本なの。

和絵 だから3LDKとか4LDKとか、数字は変わっても「n」LDKという基本構造は変わらないでしょ？

菜摘 それが何なの？

和絵 「n」LDKの「n」はどうやって決まるかわかる？ わが家は何LDK？

春人 3LDK。

菜摘 3LDK。

耕平 何だよ、エヌって。

春人 でも今、書斎があるじゃない。

和絵 あれは収納庫を改造したんだから、実質3LDKだよ。

菜摘 わが家は何人家族？

和絵 4人家族。

孝典 なんだよ、そんなことがあるのよ？

和絵　4人家族なのに3LDK、「4」なのに「3」。このマイナス1は誰?
菜摘　誰って……
耕平　誰でもないだろう、みんな自分の部屋、あるんだから。
和絵　ないわよ。菜摘が1、春人が1、あなたとあたしの寝室で1、改造した書斎だってあなたの部屋なんだから、あたし専用の部屋だけがないの、そうでしょう?
耕平　おまえは、この家全体がおまえの部屋みたいなもんだろう。
和絵　出た、典型的な男の発想。
耕平　だってダイニングキッチンだって……
和絵　それはあたしの仕事場。あなたの会社と同じでしょ?
耕平　同じじゃないだろう。
和絵　じゃ聞くけど、この家全体があたしの部屋だって言うんなら、あたしはいつでも好きなときにどの部屋に入ってもいいわけ?　春人、入っていいの?
和絵　あんたは?　許す?
和絵　それは困るよ。
菜摘　確かに困るわよ。
和絵　今や菜摘の部屋は完全治外法権、春人は半引きこもり、あなたはあなたで書斎にこもってプラモデル三昧、みんなみんな自分の部屋に居座って、あたし独りがただいつまでもあたしの仕事場に取り残されるのよ。なのに家全体があたしの部屋だなんて、そういう男どものバカな発想が

71　パラサイト・パラダイス

春人 ……で、母さんはどうしたいの?

耕平 そうだよ、こっちは残業で疲れてるんだから結論を言えよ。

和絵 あたし専用の部屋を認めて。

耕平 認めてって……、具体的にどうするんだよ?

菜摘 あたしは動けないわよ、同居人だって居るんだから。

春人 俺も部屋替えはごめんだよ。

和絵 残るは書斎ってことよね。

菜摘 そういうことよね……

春人 そうなるね……

耕平 わかったよ、俺が犠牲になればいいんだろ。書斎が俺の部屋、今までの寝室はおまえの部屋。それでいいんだな?

和絵 いいわ。

耕平 じゃ解散。

ニッポンのゼネコンに営々と「n」LDK住宅をつくらせ、世の専業主婦たちを家庭に押し込めてきたのよ。

あっというまに現在の「部屋割り会議」に戻って——。

菜摘　それで、みんな納得してやってきたの今まで。
春人　そのルールをあっさりひっくり返すのは横暴すぎると思うけど。
耕平　こっちの事情、少しはわかってもらえましたか？
孝典　…………。
さち　………。
耕平　何……？
さち　毎日？　家庭内別居ってこと？
孝典　おまえと和絵さん、別々に寝てるのか？
さち　そうなんですか？
佐渡　違いますよ、そういう事情じゃなくて、便宜上そうしてるってことです。
和絵　孝典・さち・佐渡　………。
孝典　ほんとですよ。
和絵　まあ、そういうことならいいんだが……
さち　でも、問題は多いわね。
和絵　何よ、問題って。
さち　だって、おかしなことだらけじゃないの。息子は部屋から出てこない、娘は部屋に男を引き込む、あんたたちは納得づくかもしれないけど、いつまでもほうっておけることじゃないわよ。
菜摘　今、それが問題なんじゃないと思うけど。

73　　パラサイト・パラダイス

春人　同感、問題のすり替えだよ。
孝典　おまえたちは、みんな独りになりたいのか？
耕平　……独りに？
孝典　俺にはそう聞こえたぞ、おまえたちの家族会議。一緒に住んでいながら、少しでも独りになりたい、独りになりたい、って。
春人　独りになる時間は必要だよ。
さち　なんて言ったの、春人。
春人　独りの時間は必要だって、はい。
孝典　佐渡さんもそう思いますか？
佐渡　いやぁ、今は一日10分もあれば。ウンコと風呂の時間だけで十分ですね。
一同　………。
佐渡　すいません。
孝典　俺ァこのあいだ、気がついたら壁と話してた。
和絵　壁、ですか……？
孝典　そう、部屋の中の白っ茶けたただの壁。「お宅もずいぶん汚れましたなぁ」「え、何？ほっとけ？こりゃまた失礼しました」らしになっても汚れ方は変わりませんなぁ」「人が減って独り暮
佐渡　ほんとにそんなこと言ってたんですか？
さち　笑えないわね。

74

孝典　や、笑いましたけどね、自分のバカさ加減に。

一同　……。

明良　思わずテレビに突っ込んだりすることって、俺もありますよ。

孝典　それが毎日なんだ。バカだバカだと思っていながら繰り返してしまう。

一同　……。

孝典　で、こりゃいかん、もっと独りに慣れなきゃいかんなぁと思って、いろいろ本を読み漁ってたら、「あなたは夜中に電話をして嫌がられない人を何人持っていますか？」という言葉にぶち当たってな。

佐渡　夜中に電話して嫌がられない人、ですか。

孝典　それで夜中に手帳を引っ張り出してきて……

さち　電話してみたの？

孝典　できなかった、怖くて。できます？

さち　ちょっとねぇ……

孝典　できます？

佐渡　怖すぎます。私、ウンコの時間も怖いんで。

一同　……。

佐渡　すいません、ウンコウンコって連発しやがって。

春人　それはさ、だから同居したいってことを暗に言いたいわけ？

孝典　ま、そうなんだがな。
耕平　なんだ、そこに落ち着くの。
耕平　だっておまえいいのか？　自分の親父の茶飲み友達がただの壁で。
耕平　俺はいいよ。
孝典　よくないだろ。こりゃまた失礼しました、だぞ。
菜摘　で、結局どうなるの部屋割りは。
さち　そうよ、早いとこ、それハッキリさせましょ。
菜摘　あたしは今回も断固、現状維持よ。（明良に）そうよね？
明良　俺今、蚊帳の外だから。
菜摘　そんなことないわよ、既得権あるんだから。
春人　俺も引き続き既得権を主張する。
耕平　わかった。菜摘と明良君は今までどおり。春人もそのまま。
和絵　で？
耕平　母さんのお母さんとおまえが寝室。親父と俺が一緒に書斎。
和絵　そういう結論なの？
耕平　今はそれで様子を見るしかないだろ？
和絵　………。
さち　いいんじゃない、それで。

孝典　異議なし。
佐渡　（電話に）春人君、勝ち組に入っちゃったよ。
耕平　佐渡さん、勝ち負けじゃなくて。
さち　そうそう、今後の展開次第じゃまた会議ってこともあるんだろうし。
和絵　母さん、それどういう意味？
耕平　では、お開き。

　　　一同、三々五々に引き揚げていく。

「Aの間」に春人、パソコンに向かっている。
「Bの間」に和絵、さち。さちはクロスワードパズルに熱中し、和絵は所在なげである。
「Cの間」に菜摘、明良。菜摘は書類を片手に、明良は夢中で、ともにテレビを見ている。
「Dの間」に孝典、本を読んでいる。
ややあって和絵、食卓に下りていき、しばしぼんやり。やがてメールを打ち始める。
耕平、会社帰りでリビングに現れて——。

耕平　おまえ、まだ起きてたのか？
和絵　（携帯電話を引っ込め）お帰りなさい……
耕平　珍しいな、こんな時間まで……
和絵　なんだか眠れなくて……、ちっとも落ち着かない。
耕平　ま、そりゃそうだな。
和絵　………。
耕平　………。
和絵　……なんか食べます？
耕平　いやいい。

79　パラサイト・パラダイス

和絵　……着替えないの？
耕平　……ン。
和絵　……。
耕平　まだ寝ないのか？
和絵　……そうね、寝なきゃいけないわね。
耕平　──なんか俺たち、家の中にいながらホームレスみたいだな。
和絵　……。
耕平　（突然バカ笑いして）そのうち車ン中で寝ることになったりして。
和絵　……。
耕平　……。
和絵　ヤドカリっているじゃない。
耕平　ヤドカリ？
和絵　貝殻背負って生きてるやつ。あれ、体の成長に合わせて貝殻を住み替えるらしいんだけどね、どうやって宿を替えるか知ってる？
耕平　さぁ……。
和絵　気に入った貝殻を見つけたら、自分が背負っている貝殻を相手にぶつけて無理矢理追い出すんだって。実力行使。
耕平　……。

和絵　なんだかここが海のように思えたりする。
耕平　海……？
和絵　海って身近にあるけどわからないこといっぱいあるじゃない。得体の知れない生き物だってウヨウヨしてるし。

家の中を海中生物のようにうごめく菜摘、春人、明良、さち、孝典……。耕平、和絵、言葉を継げないまま、じっと海の底。

和絵　あたしは菜摘も春人もカタツムリなんだと思ってた、ヤドカリじゃなくて。
耕平　────すまん、それ何が違うんだ？
和絵　カタツムリは背負ってる貝殻は自分で作るの。
耕平　………。
和絵　いつまでも続かないわよ、こんな状態。
耕平　わかってるよ。／
和絵（心の声）ほんとにわかってるの？　あたしはあなたと違って生活の大部分がここにあるのよ。そんなこと考えたこともないでしょう？　母親としての役割、妻としての役割、あたしがどんな思いで日々務めてると思ってるの？　あなた、わかってないときに限ってわかってるって、ただ繰り返すだけじゃない。

81　パラサイト・パラダイス

耕平　／わかってるって。
和絵　……だったらもっと真剣に考えてよ。
耕平　お義母さんは足がよくなったら自分の家に戻るんだろ？
和絵　本気でそんなこと期待してるの？
耕平　戻る気ないのか？
和絵　期待どおりにいく人じゃないと思うけど。
耕平　でもヤドカリは親父やお義母さんのほうなんだから。
和絵　いったん住み着いたら、すぐにわが物顔で闊歩するようになるわよ。
耕平　住めば都、か。
和絵　……人ごとみたいね。
耕平　そんなことないだろ。
和絵　あなたと違って、あたしは生活の大部分がここにあるのよ。

　携帯メールの着信音が鳴る。和絵、マナーモードに切り替えて──。

和絵　迷惑メール。時間なんておかまいなしね。ひっきりなしでしょ？
耕平　俺のは滅多に入らないけど。
和絵　そう？

耕平　…………。

和絵　携帯電話って便利になったわよね。アドレスにしてもメールにしても、削除しました、一瞬で消せるじゃない。

耕平　…………。

和絵　そうやって消せたら、きっと楽よね。

耕平　何言ってるんだ、おまえ。

和絵（心の声）だって消したいことといっぱいあるもの、あなたはないの？　こんなはずじゃなかった、こんなのあたしは認めない、しょっちゅう思うあたしがおかしいの？　でもいつだって削除しました、削除しました、消されていくのはあたしの希望、あたしの理想。このやり場のなさがあなたにわかるの？

／ただ言ってみただけ、意味なんてないわよ。

耕平　意味あったら怖いよ。

和絵　…………。

耕平　…………。

和絵　…………さて、と。

耕平　…………。

和絵　ねぇ、家って何のためにあるの？

耕平　……さぁ。

和絵　…………。

耕平　あ、そうか。

耕平　二段ベッド、買ったほうがいいよな？

和絵　何？

家の中を海中生物のようにうごめく人たち、その数がものすごく増えている。

9

「Aの間」に春人、パソコンに向かっている。
リビングには耕平、和絵、孝典、食卓を囲むように立っている。
手にはそれぞれ用紙を持ち、孝典は椅子の上に立っていて――。

孝典 「あたし、池まで降りていって、あの醜いカエルにキスしてくるわ。だってあのカエル、本当は魔法にかけられた王子さまかもしれないもの」

和絵 そう言って彼女は池に降りていって、カエルにチュッとキスをしました。

耕平 するとどうでしょう、あんなに醜かったカエルはすっかり魔法が解けて、ハンサムでたくましい王子さまに戻ったのです。

孝典 おしまい。

耕平 ……今度はこれが何？

孝典 わからんか？

耕平 さっぱり。

孝典 おまえたちも池まで降りてってキスすべきじゃないかと思ってね。もっともこの場合、（椅子から降りて）池に降りるんじゃなくて、二階へ上がるってことだけどな。

和絵 ……あの、お義父さん、同居してるからって、そりゃ気を遣ってもらえるのはありがたいとは

孝典　思いますけど、あたし、そこまで介入されるのは……
和絵　いや、介入したほうがいいんだよ、醜いカエルにはキスしなきゃ。
孝典　でも、夫婦のことですから。
和絵　夫婦？
孝典　あたしたち、ほんとに家庭内別居ってわけじゃないですから。
和絵　カエルは菜摘、春人だよ。
孝典　え……？
和絵　あいつら、もういい年なのに、まだこの家にしがみついてる。いわば自らに呪縛されてる、魔法にかかっているようなものだろう。
孝典　なんだ、そういう意味？
和絵　そうよね、あたしてっきり……
孝典　俺が醜いカエルだと思ったんだな？
和絵　…………。
孝典　イヤ、夫婦のことも責任は感じてるんだ。俺とさちさん、二人も厄介者がふえて、そのせいでおまえたちを完全に「織姫と彦星」にしちゃったからなぁ。
耕平　そのたとえ、よくわからないんだけど。
孝典　だって厄介者がいる以上、おまえたち自由に部屋を行き来できないじゃないか。だからこれも提案しようと思ってたんだが、二人っきりになりたいときは何か合図を決めて……

耕平　合図？
孝典　おまえが俺に言えばいいんだよ、「今夜は七夕」とか……
耕平　バカ言うなよ。
孝典　「俺は彦星」でもいいぞ。
耕平　いいよもう、そんな話。
孝典　それより菜摘と春人のことですけど……
和絵　あそうそう、特に春人。菜摘は家に居座ってるとはいえ、今ひとつ頼りないが彼氏だっている。だが春人はどうだ、仕事もかなり認められてるようだし、意味は違うがまさに「井の中の蛙」じゃないか。
耕平　あのさ、いちいち童話とか何かにたとえるのやめて、もっとストレートに話そうよ。
孝典　そうか？　わかりやすくないか？
耕平　わかりにくいよ。しかも長い。
孝典　そうか？
和絵　「カエルにキスする」ってどういうことですか？
耕平　ほらこいつ、わかってないじゃないか。
和絵　え？　あなたはわかったの？
耕平　わかるさ。キスするってことは愛情の象徴だろ？
孝典　ま、確かにそういう意味もあるだろうが……（なおも言いかけるが）

耕平　親父としてはもっと愛情をかけろと言いたいわけだろ？
和絵　じゃ何？　あなた、あたしの春人への愛情が足りないと思ってるわけ？
耕平　足りないのは愛情じゃなくて、母親としての自覚じゃないのか？
孝典　いやいやそういうことじゃなくて……（なおも言いかけるが）
和絵　あなたの父親としての自覚はどうなの？
孝典　まあ和絵さん……（なおも言いかけるが）
和絵　（耕平に）どんな自覚があるっていうの？
耕平　家のことだって、何かあるたびに話し合いをもってるじゃないか。
和絵　話し合い、あれが？　ただ自分の都合が悪くならないように取り繕ってるだけじゃない。
耕平　取り繕ってるのはおまえだろ？
孝典　やめなさい。
耕平・和絵　………。

　どこへ転がるかわからない微妙な空気。孝典、やがて何か言い出そうとすると──。

孝典　あのな……
耕平　あたしだって疲れてるわよ。
孝典　──。（ぎょっとなる）

耕平　一生懸命やってるわよ。あなたは専業主婦をバカにしてるだろうけど……
和絵　俺がいつバカにした？　バカにしてるのはおまえのほうじゃないか。
耕平　春人のことだってそうよ。母親だからって全部あたしに押しつけて、肝心なとき、あなた何も言わないじゃない。
和絵　おまえは頭ごなしにぎゃんぎゃんまくしたてるだけだろ？　春人だって、そりゃ聞く耳なくすだろ。
耕平　だからって覚えてないのあなた、突然身長何センチだなんて言っちゃって……
和絵　いいじゃないか、聞いたって。だいたいおまえ、ずっと家にいるんだろ？　俺より長く春人と一緒にいて、あいつのことちっともわかってないじゃないか。
耕平　ほら、またあたしのせいにする。あなたはどれだけ周りのことわかってるって言うのよ？
和絵　だから俺はちゃんと話し合ってるって言ってるだろ。
孝典　待った、二人ともちょっと待った。

驚きに包まれている孝典を、耕平、和絵はまるで意に介さず——。

耕平　何だよ、親父。
孝典　あ、いや、もっと冷静になろう、な、冷静に。
耕平　……冷静だよ。

孝典　あのな、「カエルにキス」するっていうのはだな、理解できないと思える相手でも自分のほうから近づきなさいっていうことだ。

和絵　………。

孝典　そう言えばわかるかな、和絵さん。

和絵　コミュニケーションを取りなさいということですか?

孝典　(冷静に)ピンポン。まさにそのとおり。

和絵　会話ならちゃんとできてるよ。

孝典　できてるとは言えんだろう。同じ家にいるのにわざわざ電話で話すなんておかしいじゃないか。

和絵　………。

孝典　だから、まずは「池に降りて行くこと」が大事なんじゃないかね。

和絵　ストレートに言うと?

孝典　春人の部屋にずかずか入ればいいんだよ。この家は端から端までおまえたちのものであって、春人の所有物ではない。それをわからせればいいんだ。

和絵　だから結局、付け焼き刃なのよ。

孝典　何だよ付け焼き刃って。

和絵　話し合い話し合いっていうけど、本質的なところには蓋をしてるのよ、あなたが。

孝典　いやいや和絵さん……

和絵　おまえは蓋してないって言うのか?

パラサイト・パラダイス

孝典　だから耕平……

和絵　全部出してるよ、俺は。

孝典　──。（再びぎょっとなる）

和絵　少なくともおまえよりはさらけだしてる。

孝典　嘘よ、そんなの。

和絵　蓋したじゃないか、おまえ。おまえ自分から春人に「母さん、勝手に部屋に入っていいの」ってお伺い、たてただろ？

耕平　あれはあなたが父親としてビシッと言ってくれないからでしょう？

和絵　母親としてはおまえ、ちゃんとしてるって言うのか？

耕平　だいたいおまえが自分専用の部屋が欲しいなんて言うから……

和絵　それのどこがいけないの、あなた書斎を隠れ蓑にして逃げてるじゃない、父親という役割から。

耕平　俺は別に逃げてるわけじゃない。

和絵　逃げてるって言うんだよ、そういうのを。

耕平　逃げてないわよ。どうしてそんなこと言えるの？

和絵　携帯電話で話すっていうルールを持ち出したのもおまえじゃないか。それが何より逃げてる証拠だろ？

耕平　あなただって直接ぶつかるのが面倒臭いだけでしょう？

孝典　やめないか、二人とも……！

耕平・和絵　………。

再びどこへ転がるかわからない微妙な空気に包まれて——。

孝典　醜いカエルは二匹、ここにいた。
耕平　え……？
孝典　父親がどう母親がどうって、おまえたち二人が呪縛にかかってるんじゃないのか？
和絵　呪縛……？
孝典　だっておまえたち、言ってることがどっちもどっちだぞ。

耕平・和絵、孝典の言葉にキョトンとしたまま——。

「Aの間」に春人、眠っている。
「Bの間」に和絵、ダイニング・リビングにさち、菜摘。さちは食卓で何かしら縫い物、菜摘はキッチンにいて――。

菜摘　結婚？
さち　そうよ。あんただってここでオママゴトみたいな生活、いつまでも続けられるとは思ってないんでしょ？
菜摘　何、あたしを追い出して、どっかりこの家に収まりたくなった？
さち　そうじゃないわよ。あんたが本気であのホームレス男と……
菜摘　その呼び方、やめて。
さち　ホームレスもどきと一緒になるつもりがあるんなら、ちゃんと独立して、別に所帯を持ったほうがいいって、あたしはそう申しあげたいの。
菜摘　………。（『新グロモント』を持って食卓へ）
さち　ほんとに心配してるのよ。
菜摘　あたしは母さんが心配なの。
さち　……何よそれ、どういうこと？

菜摘　春人があんな状態で、それであたしが家を出たら母さん、実質父さんと二人っきりになるのよ。
さち　いいじゃないの、二人っきりで。
菜摘　そしたら母さん、どうなると思う？　ストレス、不満、溜めるだけ溜めこんで、一番最初にこの家出てくって言い出しかねないわよ。
さち　じゃ何、犠牲的精神であんた、家に居座ってるの？
菜摘　確かにあたしは好き勝手やってるけど、愚痴聞いたりもしてるの。少しは母さんの役に立ってるつもりなんだけど。
さち　……。
菜摘　何よ？
さち　そりゃそうでしょ。（新グロモントのキャップを開けつつ）だから、あたし独りが幸せになっちゃいけないなって思うわけよ。
菜摘　あんた、そんなに母さんのこと愛してた？
さち　何よ？
菜摘　じゃやっぱり、あの男のことが本気じゃないんだ。
さち　なんでそうなるの？
菜摘　だって本気だったら普通、母親より男を取るでしょう？
さち　あたしは男も仕事も母さんも取る女なの。

菜摘　怪しくない。（「新グロモント」をぐいっと飲む）

さち　怪しい……（と縫い物の手を進める）

唐突に若いサラリーマンふうの加藤、缶コーヒーを手に現れて菜摘に——。

加藤　珍しいー。
菜摘　………。（加藤を見る）
加藤　高見さんでも休憩室来ることあるんすね、何飲んでんすか？
菜摘　新グロモント。
加藤　かぁーっ、やっぱそうっすよね、それくらい飲んで喝入れとかなきゃリストラっすよね。
菜摘　やばそうだもんね、加藤君。
加藤　ところで合コンどうっすか、合コン。
菜摘　それは金の無駄遣い。
加藤　またまたぁ、実家なんだから金なら貯め放題でしょお？
菜摘　それ、実家の女をバカにしてる？
加藤　高見さんこそ、合コンをバカにしすぎ？
菜摘　加藤君ってさ、女に何を期待してるの？
加藤　へ？

菜摘　合コンで期待してるのはお持ち帰りでしょ？　結婚するとしたら女に何を期待する？
加藤　そりゃやっぱ、あったかい家庭でしょ。
菜摘　仕事から帰ってくれば、メシができてて風呂も沸いてる。
加藤　ああそれ、最高っす。
菜摘　てことは、やっぱり相手は専業主婦。
加藤　そんなことないっすよ、仕事したけりゃ自由にやってもらって。男女平等なんだし、デキる女性にはバリバリ仕事していただいて。
菜摘　じゃ、そうなったら家事は誰がやるの？
加藤　もちろん、できる範囲で手伝いますよ。
菜摘　できる範囲でねぇ。
加藤　え、イケてないっすか？
菜摘　模範解答なんじゃない？
加藤　なんかダメっぽくないすか？

　「フルーツサラダヨーグルト」を手に、同僚らしき藤山が現れて——。

藤山　あ〜、また合コンに誘ってる。
加藤　何言ってんすか、誰も合コンなんかしませんよ、あんな金の無駄遣い。

藤山　あたし今夜、空いてるわよ。
加藤　あ、俺、そろそろ戻らなきゃ。
藤山　加藤君聞いてる？　今夜、あたし空き家。
加藤　じゃ勝手に空いててください。じゃ高見さん、次の打ち合わせのときはヨロシク。(と、去っていく)
藤山　そうそう、だから速攻で食べに来たのよ。あの会議、意味なく長引くから。(食べ始めて)なんかあった？
菜摘　(しみじみ)確実……。あれ藤山さん、会議じゃなかった？
藤山　あいつってさ、次リストラ確実だよね。
菜摘　え？
藤山　元気ないから。
菜摘　……そろそろ家、出なきゃいけないのかなぁと思って。
藤山　やめなよ、もったいない。
菜摘　わかってるけど。
藤山　せっかくいいポジションにつきそうなんだからさ。ちまちま男の縫い物したり、せっせと男のシャツにアイロンかけたり、そんなことだけで人生終わりたくないでしょ？
菜摘　それだけは絶対にイヤ。そんな女にだけはなりたくない。
藤山　だったら、居座れるだけ居座ったほうが絶対トクだよ。

菜摘　やっぱ、そうよね。
藤山　女は家を出たらお金の自由を失う。結婚したら時間の自由を失う。ごちそうさま。
菜摘　もう食べたの？
藤山　だから、時間ないんだって。
菜摘　それでも食欲に走る藤山をあたしはリスペクトするよ。
藤山　何にも出ないわよ。（行こうと）
菜摘　お疲れ。

藤山、片手をバイバイしながら去っていく。と、縫い物をしていたさちが菜摘に――。

さち　じゃまだしばらくは居座るんだね？
菜摘　……。（さちを見る）
さち　台風でも来て、無理矢理かっさらわれない限り、あんたはここに居ると。
菜摘　そういうこと。あたしは当分出ていかない、結婚も今は考えない。
さち　そして時間だけが過ぎてゆく。
菜摘　まだまだたっぷり時間あるけどね、あたしには。じゃ出掛けてくる。

菜摘、玄関口へと去っていく。さち、見送って階段下に行き――。

さち　菜摘、出掛けたわよ。

その声が届いて和絵、携帯電話を引っ込め、食卓へと現れてきて――。

和絵　（やれやれと）そうですか……

和絵、キッチンへ菊の花とボウルを取りに行き、食卓で菊の花びらを毟(むし)り始める。

さち　テコでも動かないって感じ。融通の利かないとこが、あんたそっくり。
和絵　どうだった？
さち　あれは、仮にこの家が売りに出されたとしてもついてくね。
和絵　で、母さんは？　いつまで居座るつもり？
さち　あたしはお約束通り、足がよくなったら出ていくわよ。
和絵　ほんとはもうギプス外れるんじゃないの？
さち　（和絵の顔を見て）だといいんだけどねぇ、こればっかりはねぇ。
和絵　どうだか。
さち　それよりあんた、耕平さんと別れる気なの？

和絵 　………。
さち 　なんだ図星?
和絵 　そんなことないわよ。
さち 　どうだか。不満やストレスが溜まりに溜まってんじゃないの?
和絵 　そんなことないわよ。
さち 　なんでもね、あんたぐらいの年齢の夫婦に多いんだってよ、家族解散願望。ちょうどあんたくらいの年でピークになるんだって。そう本に書いてあった。
和絵 　なんであたしがあの人と別れると思うのよ?
さち 　だって顔。
和絵 　には何も書いてないわよ。
さち 　違うわよ、お化粧。
和絵 　お化粧?
さち 　よそ行きの顔してるじゃないの。それ夫に見せる顔じゃないでしょう? ましてや、あちらのお父さんのために気合を入れるわけもなし。
和絵 　言っときますけど、あたしは母さんと違って専業主婦の道を歩いてないの。
さち 　何言ってるの、道幅から何からそっくりそのまま同じじゃないの。
和絵 　あたしは「サムタイム・ミセス」なの。
さち 　何それ。

和絵　あたしが主婦でいなくちゃいけないのは、子供や夫のことに縛られてるときだけでしょ？　それ以外の、母親でもない、妻でもない、そういうあたしもちゃんとあたしの中にいるわけ。だから、主婦になるのはサムタイム。

さち　（冷静に）へー。

和絵　で、主婦じゃないときのあたしは「ライク・ア・シングル」。

さち　また横文字？

和絵　一歩家を出れば、まるで独身の頃のあたし。「あ、菜摘のお母さん」「あ、春人のお母さん」と呼ばれることもない、ただ、ただ一人の女。

さち　あんた今、願望を語ってんの？

和絵　だってよ、男だってよ、会社の顔、家庭の顔、不倫に走れば男の顔って使い分けてるわけじゃない。なのに専業主婦だけが一日24時間、きっちり主婦でいなくちゃいけないなんておかしいじゃない。

さち　まぁ、ねぇ。

和絵　自分のすべてを犠牲にしてでも夫や子供のことを最優先。それがニッポンの女の「女らしさ」だなんて誰が決めたの？　そんなの時代遅れだと思わない？

さち　………。

和絵　何よ？

さち　あんたって、ほんとに寂しいのねぇ……

和絵、菊の花びらを毟る手が止まり、「なんで?」という顔でさちを見たまま——。

「A」「B」「C」「D」の空間には誰もいない。
食卓には耕平、孝典。そのふたりに向かうように春人が立っていて——。

春人　部屋の中にいても、今はいくらでも世界と繋がることができる。しかも、父さんやおじいちゃんが足で稼ぐより、はるかにいろんな世界を知ることができる。インターネットはそれこそ何でもアリだから、もちろんくだらないことも山のようにあるけど、でも本当に知りたいと思えば、たいていのことは調べられる。僕は父さんや母さんに何の相談もしないまま大学を辞めてしまったから、僕なりの方法で僕の未来を考えなきゃいけないと思ってる。ずっと部屋に籠もってるからって、何もしてないわけじゃないし、引きこもってるわけでもない。少なくとも大学に通ってた頃より、今のほうが有意義な時間を過ごしてるっていう自負だってある。わざわざ外に出て行って、汗水垂らして、ちまちま、あくせく動き回ることのほうが重要だとは少しも思わない。父さんやおじいちゃんの頃とは時代が違うんだ。

耕平・孝典　………。

春人　――。（「Aの間」に戻ろうと）

耕平　待て。

春人　………。

耕平　引きこもってるわけじゃないんなら、なぜ働かない。おまえが大学を辞めてから、もう3カ月は経つ。おまえは、なぜ就職しないんだ？
春人　………。（何か言おうと）
耕平　ただし、長くしゃべらなくていい。簡潔に。
春人　働く意味がわからない。
耕平・孝典　………。
春人　──。（「Aの間」に戻ろうと）
孝典　ちょっと待った。
春人　何？
孝典　答えの意味がわからない。もうちょっとだけ長くしゃべっていい。長いも短いもないよ。本当にただわからないんだ。
耕平　わからないってことはないだろう、あれこれ自分の部屋で考えてるんだろう？
春人　じゃ聞くけど、父さんは今の仕事、やりたくてやってるの？
耕平　そりゃまぁ、全部が全部やりたいことじゃないが……
春人　僕はやりたくもないことに縛られたくない。前にも言ったけど、奴隷になりたくない、それだけははっきりしてるんだ。
孝典　でもそれじゃ、食べていけんじゃないか。
春人　だからなんとか食べていけて、自立できるだけの道はないかと探ってる。

105　パラサイト・パラダイス

耕平　おまえなぁ、働くってのは何も金のためだけじゃないんだぞ。
春人　それは嘘だよ。
耕平　嘘なもんか、現に父さんはおまえたち家族のために働いてるじゃないか。
春人　……。
耕平　ささやかだが働く喜びだってある。
春人　そうだ、無心で働くってのはいいもんだぞ。働いた後のビールなんてたまらんぞ。
孝典　それは自分をごまかしてるだけじゃないの？
耕平　ごまかしてる？
春人　父さんには悪いけど、父さんを見てると、むやみやたらに働けば働くほど人生ロクなことはないんじゃないかって思えるよ。
耕平　……。
春人　家族のために家族のためにって働いたって、肝心の家族は毎日不満のぶっけ合いだよ。
耕平　……。それでも働くことを父さんはやめようとは思わない。
春人　それで父さん、自分に正直に生きてるって言える？
耕平　……。
春人　家族のため、より多くの収入のため、社会から落ちこぼれるのが恐ろしいために、やりたくもない仕事を20年も30年も続けるなんて、考えただけでもぞっとする。僕は働いた後のビールなんてどうでもいい。ささやかな喜びのために、父さんのように自分をごまかし続けて生きていた

孝典 ……。

春人 ………。〈「Aの間」に戻ろうと〉

耕平 待て。〈立ち上がり〉待ってろよ。

耕平、そう言い放ってリビングを出ていく。気まずい空気のなか、孝典がおずおずと──。

春人 ……。

孝典 耕平は頑張ってるじゃないか。毎日不満のぶつけ合いでも、あいつは頑張ってるよ。おまえは何が気に入らないか知らないが、俺は耕平を褒めるよ。頭を撫でてやりたいよ。

春人 ………。

孝典 そんな言い方をしちゃいかんだろ。

耕平、クリアボックスに入った「ガンダム」を抱え、工作用具を持って戻ってくる。完成が間近い「ガンダム」をボックスから出し、パーツを出し、用具を出しつつ──。

耕平 見ろ。いよいよカウントダウン突入だぞ。もう八合目まで登り詰めたってとこだからな。感動の達成感まであとわずか。

107　パラサイト・パラダイス

春人　……。
耕平　こっち座れ。
耕平　……。
春人　……。
耕平　いいから座れ。（座った春人に）これを持って。（ニッパーを握らせる）
春人　……。（座ってニッパーを持ったまま）
耕平　（パーツを差し出し）これ、切ってみろ。注意深く切らないと、大事な部品に傷がついちゃうからな。最初はうまくいかないかもしれないが、なぁにすぐに慣れる。
春人　……。（止まったまま）
耕平　やってみろって。慣れてくると楽しいぞ。（春人の手に手を添えて）ほら、こうやって、ここをこういうふうに……
春人　意味ないよ。
耕平　いいから切れ……！ 指を使え。体を動かせ。おまえ、自分の指で、自分の体使って、何かをこう組みあげていく、形にしていったことってあるのか？
春人　……。（ニッパーを置いて離れようと）
耕平　春人。
春人　……。
耕平　父さんは、ちまちまとしたことに、あくせくすることに、ささやかでも喜べる自分を誇りに思ってる。おまえがどんなに意味がないと思おうとも、俺はその喜びを誇りに思う。

109　パラサイト・パラダイス

孝典　俺もそうだ。誇りに思うぞ。

春人　もし宝くじで3億円当たったら？

孝典　3億円？

春人　それでも働く？

孝典　……。

春人　そのお金をちゃんと運用してくれる人がいて、死ぬまで困らないお金が手元にあったとして、それでもまた、あくせく働く？　朝、満員電車に乗る。ささやかなプライドに蓋をして年下の上司にこき使われる。疲れた心を隠してクライアントに頭を下げる。人間関係にも気を遣って、OLに「今日の服いいね」と言えば「セクハラ」とさげすまれる。そんな毎日をまたやりたいと思う？

耕平　……もういい、わかった。

春人　……。（「Aの間」に戻ろうと）

孝典　俺は働くぞ。

春人　……。

孝典　また満員電車にせっせと乗って、年下の上司にこき使われようが、それで「うざい」だの「臭い」だの「あっち行け」だの言われようが、俺は働くぞ。毎日毎日汗水垂らして、バカみたいに働くぞ。

春人　そして最後に、また息子の家に世話になるの？

孝典　………。（たちどころにしゅん、となる）

春人　会社が命、仕事が命、それで会社とは関係なくなった今、おじいちゃんは何のために生きてるの？　僕はただ労働することに依存したくない。手元に3億円あっても、それでもなおやりたいと思える仕事がしたいんだ。

孝典　………。

インターホンが鳴る。やがて春人、「Aの間」に戻っていく。

耕平　親父、気にしなくていいよ。

孝典　………。

再びインターホンが鳴る。
耕平、玄関口へと行き、再び戻ってくると、佐渡を伴っていて——。

佐渡　あ、持って来ましたよ、噂のサプリ。あちこちかけずり回って、ついについに手に入れましたよ。（食卓に出しつつ）もうこれイッパツで気力充実、腹の底からやる気が沸々と……

孝典　………。（突然、立ち上がる）

耕平　何？

孝典　散歩してくる。

佐渡　え？　散歩？

耕平　もう外、真っ暗だよ。

孝典　打ってつけだ。(行く)

佐渡　え、散歩？　今から？　ちょっと待って、サプリは？　せっかく持ってきたんですよ、試してくれなきゃ意味ないじゃないの……

孝典、続いて佐渡、サプリを持って出ていく。

耕平、食卓に独り残って、ふと「ガンダム」が目にとまり、やがて作り始める。熱中していく。

不意に目覚まし時計の音が鳴り響く。

耕平、慌てて食卓を離れて、歯を磨く。便座に座る。トーストを囓る。靴を履く。電車に乗る。オフィスに入る。パソコンを打つ。電話で応対する。あくびをする。そばを啜る。新聞を読む。同僚と話す。上司に頭を下げる。便座に座る。生ビールを飲む。くだを巻く。電車に乗る。玄関のドアを開ける。ネクタイを緩める。

単調な一日の繰り返し。

歯を磨く。便座に座る。トーストを囓る。靴を履く。電車に乗る。オフィスに入る。パソコンを打つ。電話で応対する。あくびをする。そばを啜る。新聞を読む。同僚と話す。上司に頭を下げる。便座に座る。生ビールを飲む。くだを巻く。電車に乗る。玄関のドアを開ける。ネクタイを緩める。

あくびをする。プラモデルを作る。

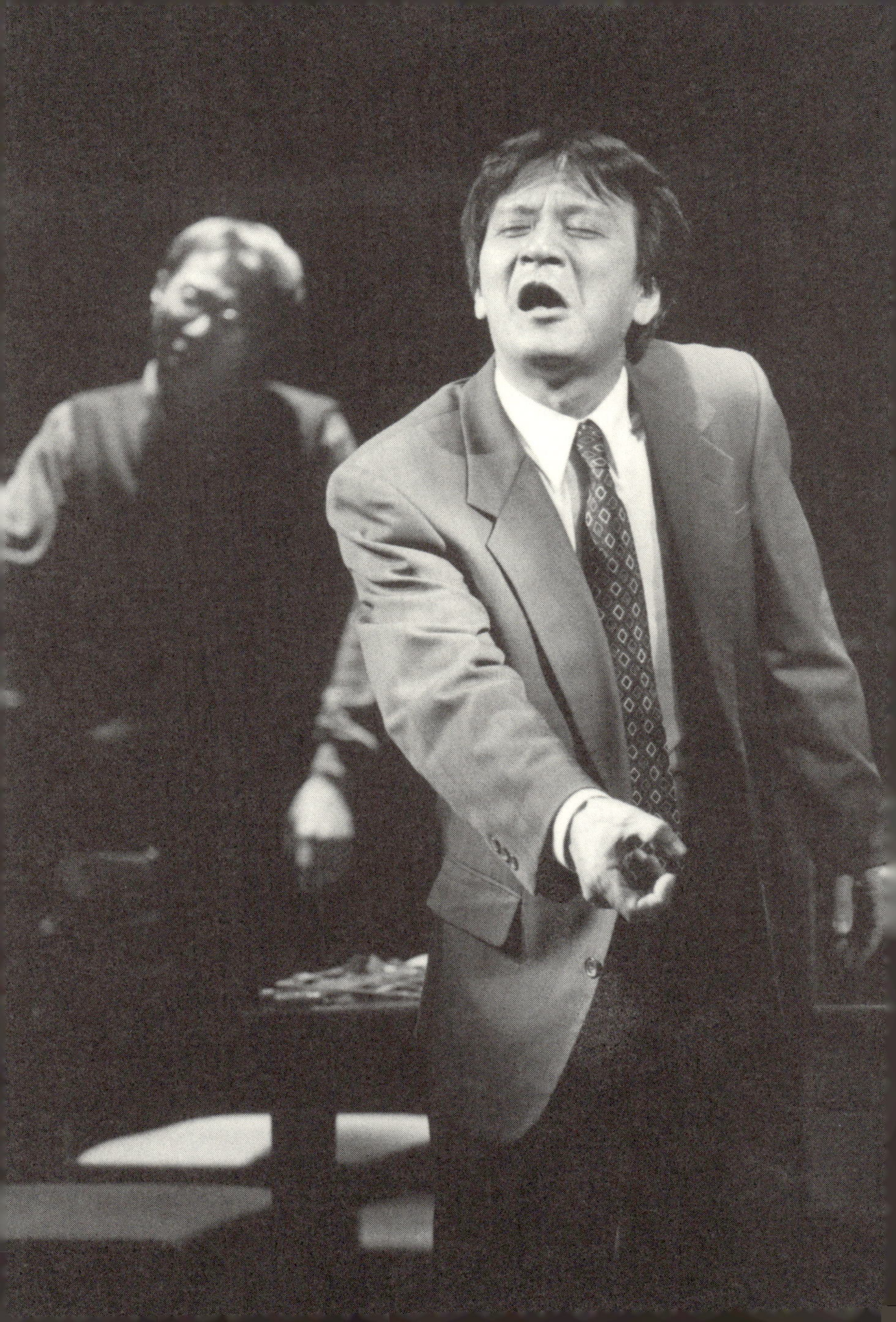

耕平、一心にガンダムを作っていると、和絵、玄関口から現れて──。

和絵　そういうの、自分の部屋でやってよ。

耕平　……。

和絵　ねぇ、聞こえてるの？

耕平　しょうがないだろ、部屋が狭ッ苦しい狭ッ苦しいって親父が言うんだから。

和絵　だからって、こんなところで広げないでよ。

耕平　いいじゃないか、今、何の邪魔にもなってないだろ？

和絵　……。これを機会にやめればいいのよ、そんなくだらないこと。

耕平　──。（ニッパーを叩きつけるように置いて立つ）

和絵　何よ？

耕平　……いいか？　おまえが俺をどんなにバカにしたってかまわない。父親として、夫として、俺をどんなに見くびったっていい。だけど、このことだけには口出しするな。二度とくだらないなんて言うな。

和絵　……。

耕平　その代わり俺も何も言わない。

和絵　え……？

耕平　おまえが今ひっきりなしにやってる携帯メール、出会い系だかなんだか知らないが、そのこと

でおまえにとやかく言うつもりはない。

和絵、驚きに包まれて、耕平の顔に見入ったまま——。

「Bの間」に和絵、眉を抜いて形を整えている。
「Cの間」に明良、ウォークマンで音楽を聴いている。
食卓にさち、佐渡。それぞれ手帳、ノートを卓上に広げている。
その二人に向かうように携帯電話を差し出した孝典が立っていて——。

佐渡・さち　………。（こくり、と頷く）

孝典　………。（携帯電話を食卓の中央に置いて座り）じゃ誰から……？

佐渡・さち　………。（お先にどうぞ、と手で示す）

孝典　私ですか……？

佐渡　発起人ですから一応。

さち　お手並み、拝見させていただきます。

孝典　わかりました。行かせていただきます。（携帯電話を取って電話をかけ）あ、坂本さん？ 高見だけど、今いいですか？ あ寝てました？ え？ 急用ってほどのことじゃないんだけどね、あ、うん……、そうですか？ そうですね。それじゃ……（切る）

さち　アウト。

孝典　話にならんな、年寄りは寝るの早くて。

佐渡　いやいや、「急用なの？」とかいう言葉が出た時点でもうアウトでしょう。
さち　そういう判断基準なの？
佐渡　だって「嫌がらずに応じてくれる人」ですよ。嫌がってなかったら、「急用なの？」とは聞かないでしょ。
孝典　次の方、心してどうぞ。
佐渡　あ、じゃ私が失礼して。（さちに）いいですか？
さち　なんか自信ありげね。
佐渡　（かけつつ）いやぁ、自信って呼べるほどのものは、これっぽっちもないんですけどね、（電話に）佐渡です。ご無沙汰、どうもどうも元気？　あの突然でアレなんだけどね、金借りてなかったっけ？
孝典　それ卑怯じゃないですか？
佐渡　（電話に）あ、そお？　貸してもいない？　あ、そうかそうか、勘違い。え？　いやそれだけなんだけど……、あ、はい、どうも。………。（切る）
さち　アウト。
佐渡　最後、舌打ちされました。
さち　そりゃそうでしょ。（と手帳を繰り）
佐渡　絶対食いついてくるって踏んでたんだけどなぁ。
孝典　食いついてきても話してて楽しくないでしょ、そんな話。

さち　(電話に)あ、みっちゃん？　あたし、さっちゃん。今、暇？　あたしは暇なのよ、それでちょっと電話してみようかななどと思い立ちましてね、あはははは、そういうこと。

孝典　会話、楽しげだよ。

佐渡　弾んでる。

さち　え？　ちょっと音おっきくて聞こえないんだけど。あ、そうなの？　にぎやかでいいわねぇ、あ、まぁね、そうしたいんだけど、今、娘の家に厄介になってるのよ。(一段と声が大きくなり)そうなの、それがね聞いてくれる？　あ、ごめん、悪いわね、じゃ今度また……(切る)

佐渡　逆転負け。

孝典　誰に電話したんですか？

さち　たまに行ってた小料理屋の女将。

佐渡　もっと卑怯じゃないですか、それ。

さち　親戚以外ならいいって話だったでしょう？

孝典　イヤ別に三人で競ってるわけじゃないんだから……

さち　いいけど、もっと厳しい現実を見ることになると思うわよ。

佐渡　でもやっぱり、親戚もOKってことにしません？

さち　(小刻みに頷いて)……やめといたほうがいいね。

孝典　どうもわれわれは人選を失敗してると思うな。

さち　と言うと？

孝典　かえってちょっと間があいてる人のほうがいいんじゃないのかね、「懐かしい、どうしてた？」ってな話になって。
佐渡　なるほど、そりゃそうかも。
孝典　じゃ次は私、その線で。（と、電話をかけて）
さち　あなた、そういう人まで電話に登録してあるの？
孝典　同窓会名簿でわかるぶんも全部入れたんですよ。まあ時間だけはイヤっていうほど、（電話に）あ、高田さんのお宅でしょうか。深夜にどうも相済みません。私、高見と申しますが茂さん、ご在宅でしょうか？　あ、はい、そうです。え？　あ、え？　あそうでしたか……、あ、はい、ご丁寧に、恐れ入ります。失礼いたします。（切る）
さち　どうだったの？
孝典　2年前に死んでた。
佐渡・さち　………。
孝典　何ですか、今の。
さち　現在、使われておりません。
佐渡　その人も死んでたりして。
孝典・さち　………。
佐渡　ひと息入れますか？　というより、何回やるんですかコレ。私、もう1回でかなり精神的ダメー

さち　ジおっきいんですけど。

孝典　別に規則じゃないんだから、やめたきゃやめたっていいのよ。

孝典　（本を読んで）「人は夜中に電話しても、嫌がらずに応じてくれる人を手帳に何人持っているかが何よりの財産です。プライベートな電話が1本もかかってこない生活、家族しか相手にしてくれない生活、それはどれほど孤独でしょう。いえ、家族がいたにしても、家族ぐるみの孤独ということだってあるのです」

さち　……そんなこと言われてもねぇ。

佐渡　でも、おふたりはいいですよ、ちゃんと息子さん、娘さん、世話になれる人がいるんだから。

孝典　でも、歓迎されてるとは言い難い。

さち　お子さん、いらっしゃらなかったんでしたっけ？

佐渡　なんか恵まれなかったですねぇ。だもんで、女房とふたりだけの生活が長くて。

孝典　知ってます？　配偶者に先立たれた60歳以上の男女の平均寿命。配偶者を亡くした後、女は約15年も生きるのに、夫の側はなんとわずか3年未満。

佐渡　え、じゃ私、あと2年以内に死ぬんですか？

さち　大丈夫ですよ、私ももう5年生きてますから。

孝典　先に死んだほうが勝ちってことよね。

さち　いや違うでしょう。

孝典　だって女は配偶者を亡くしてもなお、15年も孤独でいなきゃいけないんでしょう？

孝典　いやいや再婚っていう手だってあるから。
さち　あ、そうか、考えたこともなかった。
佐渡　でも、どっちにしても、残りモンの人生ってことっすよね。
孝典　……。
さち　何なの、それ。
菜摘　お茶請けにと思ったんですけど、よかったらコレ、つまんでください。
佐渡　（小瓶を二つ出して）あの、こっちが老化防止、こっちは心臓機能の強化。
孝典　心臓機能の強化？
佐渡　なんか電話して心臓に悪いこと起こったらヤだなと思いましてね、あ、イライラに効くサプリもありますから、とりあえずそっち先にいっときますか。
さち　こうして並べられると、あたしたち病人みたいね。
佐渡　そんなことないですよ、体にはもうバッチリ……

　と、佐渡、三つ目の小瓶の中身を出そうとして、錠剤をぶちまけてしまう。

孝典　ああ、何やってんの。
さち　イライラに効く薬っていうけど、かえってイライラするじゃないの。

佐渡、孝典、さち、錠剤を拾っていると、なぜか看護婦が加わって一緒に拾い始めていて――。

看護婦A　佐渡さん。

佐渡　（看護婦を見て）あ、はい……？

看護婦A　（拾った錠剤を示し）お気持ちはわかりますが、あまりこういうのに頼らないほうが……

佐渡　ですよね。こんなの気休めですもんね。わかってますんで。

看護婦A　奥さん、今、体力が必要なときなんです。わかってますんで。

佐渡　そりゃもう、やめろと言われればいつだって。ほんと気休めですから、しかも私の。わかって体力を消耗しますから。

看護婦A　すみません、差し出がましいこと言って。

佐渡　いえいえ、ほんとすいません、わかってますんで。

　　　佐渡、看護婦A、引き続き錠剤を拾う。と、看護婦Bが現れて――。

看護婦B　波原さちさん。

さち　はい……？

看護婦B　慣れるまで松葉杖、大変でしょうが、頑張りましょうね。

さち　はい、頑張ってみます。

続いて看護婦Cが現れて──。

看護婦C　（現れて）高見孝典さん。
孝典　はい……？
看護婦C　お薬は処方しなくていいってことですので、今日はこれで……
孝典　どうもありがとうございました。
看護婦B　階段とか段差が意外と大変ですから、そういうときは遠慮なくご家族のみなさんに手伝ってもらってくださいね。
さち　わかりました……
看護婦C　独り言は誰でもありますから、あまり気になさらないで、ご家族のみなさんといろいろお話の時間をつくってみてください。
孝典　そうします……
看護婦A　じゃ佐渡さん、サプリメントのこと、よろしくお願いします。
佐渡　はい、わかってますんで。………。

看護婦A・B・C、それぞれの方向へと去っていく。

123　パラサイト・パラダイス

錠剤を拾い終えた佐渡、孝典、さち、それぞれ椅子に座って、半ば虚脱状態でいたが、佐渡、ふと思い立ったかのように――。

佐渡　仮に、夜中に話せる相手が何人もいたとして、いったい何話すんですかね？
孝典　人数の問題じゃないんですよ、きっと。
佐渡　と、言いますと……？
孝典　独りぼっちが怖いんでしょ、それ突きつけられるのが。
佐渡　なるほど。
さち　………。
佐渡　なんで独りになるのが怖いんでしょうね？
さち　そりゃ目の前に死ぬことがあるからでしょ。
孝典　ですね、かもしれないですね。
さち・佐渡　――。（ぎょっとなってさちを見る）
さち　え？　なんかあたし大胆なこと言った？
孝典　いやそう、そうですよ。死ぬことが怖いんですよ。
佐渡　なぜなら、死は「追い越すこと」ができない。
さち　追い越す？
孝典　とりあえず先に死んでおいて、それからほかのことに取り組むことはできない。

佐渡　死は「交換すること」ができない。「おまえさん、ひとつ身代わりに死んでくれ」と身代わりを立てれば、それですむというものではない。
さち　死は「誰かと一緒に迎えること」はできない。
孝典　それだ。それですよ、決定的にグサグサ刺さるのは。
佐渡　でも「おまえさん、ひとつ俺と一緒に死んでくれ」っていうのはあるんじゃないですか？
さち　それでも、まさに死ぬっていう瞬間は、やっぱり独りなんじゃないの？
佐渡　あ、そうか。
孝典　つまり、(声明文を読み上げるかのように) いずれそう遠くない時期に、われわれは、たった独りで死ぬことを、人生の最後に全うしなければならない。
さち　……そうきっぱり言われてもねぇ。
孝典　なんだかねぇ……
佐典　なんだか、サプリメントじゃなくて、酒飲みたいですね。
佐典　飲みたいですね。
佐渡　飲みたいけど、こんな時間から酒盛りしたら何言われると思うの？
孝典・さち　(にやりと) いいの？
佐渡　うちに来ますか？
佐渡　はい。

125　パラサイト・パラダイス

孝典、さち、佐渡、三人揃って出ていく。

13

「Aの間」に春人、パソコンに向かっている。
食卓に和絵、エプロン姿で家計簿らしきものをつけている。
明良、口に箸をくわえ、右手に「カップヌードル・シーフード」。左手に持ったコーヒーの入ったマグカップを和絵の前に置いて──。

和絵　あ、ありがとう。

和絵、首をぐるぐる回し、コーヒーを啜ると、明良をじっと見ていて──。

明良　なんすか？
和絵　コンビニのバイトって時給いくらなの？
明良　850円です。夜10時以降のシフトに入れば1050円っすね。
和絵　夜で1050円。てことは……（電卓をはじく）
明良　お母さん、バイトするんすか？
和絵　あたしでも務まる？
明良　マジっすか？

和絵　そんな気にもなるのよ。お義父さんに１００万円好きにしろって言われたってねぇ。それで来月ぽっくり逝ってくれるんなら割にも合うけど……
明良　……。（麺をくわえたまま固まっていて）
和絵　どうしたの？
明良　（ずるっと麺を啜り）そんな怖いことをあっさり……
和絵　え、あたしなんか怖いこと言った？

　　　耕平、鞄を提げて玄関口から戻ってきて──。

明良　お帰りなさい。
和絵　どうでした？
耕平　ないなぁ、手頃な物件は。親父の１００万足しても引っ越すのはちょっと厳しいな。
明良　引っ越すんですか？
耕平　ン、まだ決めたわけじゃないんだが……
和絵　でも早々になんとかしないと、誰か鬱病になるなぁ。
耕平　一人でも減ってくれるとなぁ、まだ考えようあるんだが……
明良　すいません。
耕平　明良君もあれなのか？　まともに就職しないのは春人と一緒で、労働に縛られるのが嫌ってこ

明良　俺、家事が好きなんすよ。
和絵　……ほんとに?
明良　親父がいなかったんで、ガキの頃から炊事とか洗濯とかやらされてたんすよね、それが染みついてるっていうか……
耕平　でも男だったら、世に出たいとか、いっぱしのことを成し遂げたいとか思わないのか?
明良　俺そういうのどうでもいいんすよ。男だったら、男らしくとか。
耕平　変わってるな。
明良　そうっすか?　労働に縛られるより、そういう「らしく」ってのに縛られて依存症になるほうがよっぽど嫌っすけどね。
和絵　依存症……?
明良　ええ。日本人らしく、若者らしく、男らしく。そういうのに縛られるの、「らしさ依存」っていうらしいっすよ。
耕平・和絵　……。
明良　俺、小学校のランドセルも赤だったんすよ。赤とかピンクの服も平気で着てたし。
和絵　そうなの……
明良　あ、あと春人君、働いてますよ。
耕平・和絵　(驚いて)……。

明良　イヤ、ほんとっすよ。
耕平　働いてるって、どこで？
明良　（２階を指して）そこで。インターネットのウェブ管理やって、ちょこちょこお金もらってるみたいっすよ。
耕平・和絵　……。

　高見家の電話が鳴る。和絵が電話に出ると、相手は菜摘で──。

和絵　高見です。
菜摘　あ、母さん？　あたし内示が出ちゃった。
和絵　内示？
菜摘　来月からボストン。
和絵　ボストン？　あんたボストンに行くの？
耕平　誰？　菜摘か？
和絵　内示が出たんだって、ボストン。（電話に）ちょっと待って、父さんいるから代わるから。
耕平　（電話を代わり）もしもし？
菜摘　父さん、そういうことだから。だから家、出るから。
耕平　ボストンに行くのか、おまえ。

菜摘　だってせっかくここまでこれたのよ。いっぱしのこと成し遂げたいじゃない。
耕平　……そうか。（と半ば呆然と見ている明良が目にとまり）明良君には話したのか？
菜摘　まだ。
耕平　代わるか？
菜摘　え、まだバイト行ってないの？
耕平　今カップラーメン食ってる。（と電話を明良に差しだす）
明良　（受け取って出て）マジで？
菜摘　急だけど、あたしもう行くって決めちゃった。
明良　そっか……
菜摘　ね、明良ってさ、あたしに何を期待してる？
明良　（ややぁって）特にないっす。
菜摘　（語気を強め）結婚に、何を期待してる？
明良　（ややぁって）一緒に年取ることっすね。
菜摘　何それ。
明良　どんなおばあちゃんになるのか見たいかなぁ、なんて。
菜摘　ね、今以上に家事手伝いやってもらうことになるけど、ついてくる？　ボストン。
明良　はい。
菜摘　言っとくけど、あたしはカップ麺は食べないわよ。

131　パラサイト・パラダイス

明良　はい。

菜摘　じゃ詳しいことは帰ってから。切るわよ。

明良　あ、お父さんお母さんにもう代わらなくていいの？

菜摘　いい。父さん母さんの前ではあんたがプロポーズしてよ。

明良　はい。

　　菜摘、電話を切る。明良も電話機を戻して――。

明良　たぶん。（とカップヌードルを片づけつつ）じゃ俺、バイト行ってきます。

和絵　二人？

明良　お父さん、引っ越ししなくても二人減ります。

　　明良、玄関口に去ると、玄関口で佐渡の声がする。

佐渡　お、バイト？　けっこうけっこう、若者は寸暇を惜しんで働かなきゃ。

　　ほどなく玄関口から孝典、さち、佐渡が現れて――。

孝典　お、帰ってたか、ちょうどよかった。

耕平　どしたの、三人そろって。

孝典　実はな、ちょっと折り入って話があってな。

耕平　何？　また変なこと言い出すのやめてよ。

孝典　まぁ、変ちゅえば変な話なんだがな。

和絵　何ですか……？

さち　あたしたち三人でお隣に住むことにしたのよ。

和絵　え？

佐渡　なんか、そんな話でまとまっちゃったんですよ、高見家は賑やかで羨ましいですよ、なんて私が言ってるうちに。

孝典　どうだ、これでおまえたち家族は元通り、家庭内別居を助長することもなし。

耕平　だから、それは違うって。

孝典　これからは毎日が七夕になるよう祈ってるから。

佐渡　で、コレ、ささやかながらプレゼントです。（と、小さい紙袋を差し出す）

耕平　何ですか、これ。

佐渡　前のより断然効くと思いますから。精力剤。

耕平　精力剤？

佐渡　その名も「絶倫王」。

133　パラサイト・パラダイス

耕平・和絵 　……。
さち　でね、折り入っての話というのは、あたしたち三人で約束したのよ。
孝典　三人のうち、一番最初に死に直面した人を、残るふたりが看取る。
佐渡　残るふたりのうち、先に死に直面した人を、最後のひとりが看取る。
さち　そして最後に残った人の死は、あんたと耕平さんに看取ってほしいの。
孝典　もちろん、おまえたちが三人の最後の人より長生きすることが前提だけどな。
さち　頼める?
和絵　いいけど……
孝典　おまえは?　　約束してくれるか?
耕平　約束するよ。
さち　よかった、これで安心して死ねるわね。
孝典・さち・佐渡　よろしくお願いします。
耕平・和絵　……こちらこそ。
孝典　ということで、戻って「部屋割り会議」やりますか。
佐渡　そうですね、早いとこ、すっぱり決めちゃったほうが。
さち　そうしましょ。
孝典　じゃ、邪魔したな。

孝典、さち、佐渡、去っていく。食卓には耕平、和絵が残されて――。

耕平 ………。
和絵 ………。
耕平 解決しちゃったよ、引っ越し。
和絵 そうみたいね。
耕平 喜んでいいんだよな、俺たち。
和絵 そうなんじゃない。
耕平 なんか、あっけなかったな。
和絵 なんか、この前と同じ。
耕平 何だよ、この前って。
和絵 携帯メールのこと。二度とくだらないって言うな、俺も何にも言わないって、あなた言ったじゃない。あのときも拍子抜けしちゃった。
耕平 なんで？
和絵 だって普通怒るでしょ？　何やってんだ、俺へのあてつけか、普通それくらい言うわよ。
耕平 そうか、理想の夫らしくなかったか。
和絵 短い雑居生活だったけど、あたしたち、ちっとも家族らしくなかったわね。
耕平 ン……。

135　パラサイト・パラダイス

耕平、なんとはなしに二階を見あげる。和絵、つられて二階を見あげる。
と、孝典、さち、菜摘、明良、それぞれの部屋で思い思いに過ごしている姿が見えてくる。
それぞれの日常……。さち、縫い物をしている。菜摘、「新グロモント」をキッチンに取りに来て部屋に上がっていく。
明良、食卓を拭いている。佐渡、訪ねてきて「片仔癀」を飲む。
孝典、食卓で読書に耽る。春人、「CCレモン」を飲んで出社していく。
やがて一同、思い思いに去っていく。………。
見あげていた耕平、顔を戻すと、視線を和絵に向けて——。

耕平　なぁ。
和絵　え……？
耕平　（手を出し）そのエプロン、ちょっといいか。
和絵　何するの？
耕平　いいから。
和絵　………。（エプロンを外して差し出す）
耕平　（背広の上着を脱ぎ、エプロンをつけて）どうだ？
和絵　何よ、どうだって、何言えばいいのよ。
耕平　だから、まんざらでもないとか、不気味とか……
和絵　上着貸して。

137 パラサイト・パラダイス

耕平　………。（上着を差し出す）
和絵　（背広の上着を着て）どう？
耕平　じゃ俺にちょっとスカート。
和絵　ええっ、そこまでやったらほんとに不気味じゃない？
耕平　いいじゃないか、人生、最初で最後だから、たぶん。
和絵　じゃ、あたしにもズボン。

耕平はズボンを、和絵はスカートを脱ぎ始める。そこへ春人、二階から降りてきて食卓に現れて──。

耕平　頼み？
春人　頼みがあるんだけど。
耕平　あ、いやちょっとズボン丈をな、直してもらおうと思ってな、なんだ？
春人　何やってんの？

耕平　え……？
春人　おじいちゃんの１００万円、僕に貸してくれないかな。
和絵　１００万って……
春人　借りても返す当てができたから、家、出ようと思うんだ。

耕平、和絵、驚きの顔で春人を見つめたまま——。

——幕——

■次の著作を参考にし、一部引用させていただきました。心より感謝申し上げます。

『家族を容れるハコ 家族を超えるハコ』上野千鶴子／平凡社
『さみしい男』諸富祥彦／ちくま新書
『孤独であるためのレッスン』諸富祥彦／NHK Books
『共依存症』著＝メロディ・ビーティ、訳＝村山久美子／講談社
『依存症診断テスト』監修＝酒井和夫／ソフトマジック
『家族依存症』斎藤学／誠信書房
『パラサイトシングルの時代』山田昌弘／ちくま新書
『パラサイトシングル』さらだたまこ／WAVE出版
『サプリメント戦争』三浦俊彦／講談社
『サプリメント・バイブル』著＝アール・ミンデル、訳＝荒井稔／ネコパブリッシング
『中国漢方がよくわかる本』路京華／河出書房新社

上演記録

2003年12月10日〜21日　THEATER/TOPS

【スタッフ】

作・演出	古城　十忍	
美術	礒田　央	デザイン　西　英一
照明	磯野　眞也	制作　中川　忠満
音響	黒沢　靖博	岸本　匡史
舞台監督	尾崎　裕	舞台写真　西坂　洋子
衣装	豊田まゆみ	藤川　華野
演出助手	佐藤　優子	協力　タクンボックス
宣伝美術		Gプロダクション
イラスト	古川　タク	制作　大場　麻衣子
スチール	富岡　甲之	（株）オフィス　ワン・ツー

【キャスト】

高見耕平（父）	奥村　洋治	高久慶太郎
高見和絵（母）	関谷美香子	永田　耕一（S・E・T）
高見菜摘（娘）	福留　律子	加藤　大輔
高見春人（息子）	原田　崇嗣	藤山　典子
高見孝典（父の父）	重藤　良紹	
波原さち（母の母）	山下　夕佳	
山科明良（娘の恋人）		
佐渡透（隣のおじさん）	加藤　藤山	
看護婦		渡辺　恵里／平田希望子／増田　和

141　パラサイト・パラダイス

古城十忍（こじょう・としのぶ）
　1959年，宮崎県生まれ。熊本大学法文学部卒
　熊本日日新聞政治経済部記者を経て1986年，劇団一跡二跳を旗揚げ。
　以来，劇作家・演出家として劇団公演の全作品を手がけている。
　代表作に「眠れる森の死体」「ONとOFFのセレナーデ」「アジアン・エイリアン」「平面になる」「奇妙旅行」「肉体改造クラブ・女子高校生版」など。
　連絡先　〒166-0015 東京都杉並区成田東4-1-55 第一志村ビル1F
　　　　　劇団一跡二跳 ☎03-3316-2824
　　　　　【URL】http://www.isseki.com/
　　　　　【e-mail】info@isseki.com

パラサイト・パラダイス

2005年9月25日　第1刷発行

定　価	本体1500円+税
著　者	古城十忍
発行者	宮永捷
発行所	有限会社而立書房
	東京都千代田区猿楽町2丁目4番2号
	電話 03(3291)5589／FAX03(3292)8782
	振替 00190-7-174567
印　刷	株式会社スキルプリネット
製　本	有限会社岩佐製本

落丁・乱丁本はおとりかえいたします。
ⓒToshinobu Kojo 2005. Printed in Tokyo
ISBN4-88059-326-5　C0074
装幀・神田昇和